Un cambio inesperado

ROBYN GRADY

Editado por HARLEQUIN IBÉRICA, S.A.
Núñez de Balboa, 56
28001 Madrid

I.S.B.N.: 978-84-687-2444-7
Depósito legal: M-41909-2012
Editor responsable: Luis Pugni
Fotomecánica: M.T. Color & Diseño, S.L. Las Rozas (Madrid)
Impresión en Black print CPI (Barcelona)
Fecha impresion para Argentina: 9.9.13
Distribuidor exclusivo para España: LOGISTA
Distribuidor para México: CODIPLYRSA
Distribuidores para Argentina: interior, BERTRAN, S.A.C. Vélez
Sársfield, 1950. Cap. Fed./ Buenos Aires y Gran Buenos Aires,
VACCARO SÁNCHEZ y Cía, S.A.

Capítulo Uno

Nada alteraba a Zack Harrison. Ni siquiera la inesperada nieve que caía en Denver. El fracaso en la negociación de su última compra no era para él un inconveniente, sino un reto. A la vez que se ponía el abrigo y tomaba el maletín, se despidió del conserje diciéndose que tendría que ser más creativo. No le importaba tener que esforzarse.

Lo único que ponía a prueba su paciencia era la prensa. Según los periodistas, era un tiburón que aplastaba a familias empobrecidas para ampliar su perverso imperio. ¿Y el artículo en el que se cuestionaba el trato que había dado a una ambiciosa actriz con la que había salido? Él siempre era respetuoso con las mujeres. Ally y él habían mantenido una relación sin ataduras; no había contado con que lo chantajeara si no le regalaba un anillo de compromiso. Afortunadamente, a Zack le daba lo mismo lo que la gente pensara de él.

Sin embargo, cuando salió del hotel, entró en un taxi y se abrochó el cinturón, su calma habitual lo abandonó y casi dio un salto en el asiento. Observando por un segundo a su inesperada compañía, se inclinó y dio un golpecito al conductor en el hombro.

–El último pasajero se ha dejado una cosa.

–¿Una cartera? –preguntó el taxista, mirando por encima del hombro.

–No –dijo Zack–. Un bebé.

La puerta del otro lado se abrió bruscamente y una ráfaga de aire frío entró al mismo tiempo que una mujer con un abrigo rojo con capucha. Colocándose una bolsa de viaje en el regazo, se calentó las manos con el aliento. Entonces vio algo de soslayo y posó sus ojos violetas, primero en el bebé y luego en Zack.

Al observarla, este sintió un inesperado calor en el pecho y tuvo la extraña sensación de conocerla. O al menos, de querer conocerla.

–Tenía tanta prisa que no te había visto –dijo ella–. La verdad es que con la nieve, casi no se ve. Es una locura, ¿verdad?

–Una completa locura –dijo él, esbozando una sonrisa.

–Llevaba un buen rato esperando el taxi al que había llamado el conserje, así que me he asomado hasta la curva por si lo veía llegar.

Zack dejó de sonreír al darse cuenta de que le había quitado el taxi creyendo que era el que él había pedido.

–¿Ha venido por una llamada? –preguntó al conductor.

–No, el hotel me quedaba de paso –el hombre se ajustó la gorra–. Y con este tiempo nadie sale a la calle a no ser que sea imprescindible.

Caperucita Roja se inclinó hacia él y dijo:

–Voy al aeropuerto. Tengo que llegar a Nueva York para hacer una entrevista mañana a primera hora. Escribo para *Story Magazine*.

A pesar de la aversión que Zack tenía a la prensa, el nombre le sonaba. En ese momento ella se bajó la capucha y lo dejó sin aliento.

Aunque el frío le coloreaba las mejillas de rosa, tenía una piel de porcelana. Una densa mata de pelo le caía sobre los delgados hombros y sus ojos violetas eran vivaces y luminosos.

Zack había salido con muchas mujeres espectaculares, pero nunca había estado junto a una que lo dejara literalmente sin respiración. Y no solo por su belleza, sino por la serenidad e inocencia de su mirada y de su actitud.

Tras la frustrante reunión con el dueño del edificio, había estado ansioso por retirarse a la casa en la que solía alojarse cuando estaba en la ciudad, pero la encantadora Mujer de Rojo tenía prisa por abandonar Denver y él estaba dispuesto a comportarse como un caballero. Por otro lado, eso dejaría en manos de la mujer y del taxista la responsabilidad del bebé, que, afortunadamente, seguía durmiendo apaciblemente.

La Mujer de Rojo lo estaba mirando.

–Veo que tienes una preciosa niña –dijo con un suspiro, antes de asir la manija de la puerta–. Voy a preguntarle al conserje por mi taxi.

Zack la sujetó de la manga precipitadamente. Cuando ella se volvió, él la soltó y, con una risa seca, dijo:

–No es mía.

–Pues mía tampoco –masculló el taxista.

La mujer parpadeó, desconcertada.

–Es un poco pequeña para viajar sola.

–¿Cómo sabes que es una niña? –preguntó Zack con curiosidad.

–Porque tiene una expresión muy dulce y una boca como un capullo de rosa.

El conductor tamborileó los dedos sobre el volante.

–El taxímetro está en marcha.

–Claro. Será mejor que baje –dijo ella.

Por segunda vez en el mismo día, Zack perdió la calma, pero en esa ocasión sintió que rompía a sudar.

–¿Qué se supone que debemos hacer con ella? –preguntó.

–A mi no me meta en esto –dijo el taxista, malhumorado.

–Le he dicho que no es mía –dijo Zack en tono severo.

La Mujer de Rojo ladeó la cabeza.

–¿Por qué estará aquí?

–Ni idea. ¿Quién fue su último pasajero? –preguntó Zack.

–Un hombre de ochenta y dos años con bastón. Iba a ver a su familia a Jersey y no llevaba ningún bebé –dijo el conductor como si acusara a de Zack de querer pasarle el problema.

Zack dejó escapar un gruñido. Al menos ella parecía creerle. Su rostro había palidecido y cuando habló, lo hizo en un susurro angustiado:

—¿Crees que la han abandonado?

—Eso tendrá que decidirlo la autoridad —dijo él.

A Zack no le gustaba nada el giro que estaba dando la situación. No sabía nada de niños y no tenía intención de aprender. El matrimonio y sus complicaciones eran asuntos a los que no le dedicaba ni un minuto de su tiempo. Pero en aquellas circunstancias… Caperucita Roja tenía prisa y lo cierto era que él había sido el primero en descubrir al bebé.

Tomó el asa del asiento del bebé y dijo:

—La llevaré a la policía —susurró en voz baja, por temor a despertarla—. Ellos llamarán a los servicios sociales.

—Pero pueden tardar un siglo en recogerla.

—Solo sé que los bebés no duermen eternamente y que no tengo ni comida ni pañales en el bolsillo de la chaqueta.

La Mujer de Rojo palpó el pie de la silla.

—Aquí hay un biberón y unos pañales.

—Los oficiales estarán muy agradecidos.

La mujer arqueó una ceja y Zack se preguntó si pretendía que hiciera de canguro.

El conductor ajustó el espejo retrovisor.

—¿Quieren los tortolitos que los dejé en un café para decidir qué hacer?

—No somos tortolitos —Zack asió el asa con fuerza mientras La Mujer de Rojo lo miraba fijamente antes de sorprenderlo al cerrar su mano sobre la de él.

La sensación que le transmitió su palma y los dedos rozando los de él le aceleró el pulso. En una fracción de segundo, Zack percibió su perfume cítrico y se dio cuenta de que no llevaba anillo, lo que le hizo pensar que no estaba comprometida. Cuando ella movió los dedos hasta colocar la mano sobre el asa y sus uñas tocaron la palma de Zack, este sintió un golpe de calor, una llamarada que se propagó por sus venas; y sus pensamientos se dispararon hacia regiones que no tenían nada que ver con niños, a no ser que fuera con hacerlos.

–Vete tú –dijo ella. Y Zack soltó el asa a regañadientes–. Yo la llevaré dentro. No puedo soportar la idea de que esté en una comisaría, rodeada de gentuza.

Zack fue a protestar, pero no lo hizo. Aquella mujer parecía de total confianza y competente. Con toda seguridad, la madre de la niña acabaría apareciendo y todo quedaría diluido en una anécdota que contarían a la familia en cada cumpleaños. Pero hasta entonces… Zack se cuadró de hombros y apretó la mandíbula. La Mujer de Rojo necesitaba que le echara una mano.

–Voy contigo –dijo.

–No es necesario.

Sin dar tiempo a que insistiera, ella bajó con la bolsa y, con la mano que tenía libre, hizo un gesto hacia la puerta del hotel. Zack miró por el parabrisas posterior y vio un portero uniformado que iba hacia ella con un enorme paraguas. James Dirkins, el dueño del hotel, había rechazado la oferta de Harrison Hotels, pero en aquel momento la determinación de Zack se multiplicó. En cuanto lo comprara, haría construir una marquesina.

Tras darle la bolsa al portero, la Mujer de Rojo tomó la sillita y se despidió con una sonrisa antes de que el portero cerrara la puerta. Zack los vio perderse tras la cortina de blanca nieve.

–¿Así que va al aeropuerto? –preguntó el taxista.

–No –dijo Zack sin dejar de mirar hacia el hotel.

–¿Quiere que adivine a dónde va?

Zack ni siquiera escuchaba al conductor. Caperucita Roja. Ni siquiera sabía su nombre.

–A mí me da lo mismo, pero si el taxímetro sigue corriendo, voy a poder retirarme –masculló el taxista.

Zack aguzó el oído creyendo que oía el llanto de un bebé. Nunca se sentía acorralado ni superado por las circunstancias, pero con un gemido, sacó la cartera, dejó un billete en el asiento delantero y dijo:

–Espere aquí hasta que vuelva.

Trinity Matthews sabía perfectamente que la situación tardaría en resolverse, pero aun así, mientras caminaba por el suelo de mármol hacia la recepción del hotel, con el peso de la sillita del bebé en el brazo, no se arrepintió de su decisión.

Los servicios sociales hacían lo que podían, pero la burocracia era complicada y los recursos limitados. En cierto momento, ella había solicitado un puesto en el departamento, pero tanto su experiencia personal con el sistema, como su personalidad la descalificaban para el trabajo. Había tantos niños desatendidos o abandonados, que habría acabado implicándose demasiado con cada uno de ellos.

Bajó la mirada hacia el bebé y la emoción le atenazó la garganta. Nadie pedía ser abandonado. Nadie merecía serlo, y menos un ángel como aquel. Si es que se trataba de un caso de abandono...

El eco de unos pasos a su espalda le hizo volverse. El hombre de ojos negros, voz de barítono y sonrisa familiar que había encontrado en el taxi trotaba hacia ella, esquivando clientes y personal. Cuando llegó a su lado, un mechón de cabello negro le caía sobre la frente. Por un segundo, Trinity sintió la misma agitación que él tenía por la carrera. Aquel hombre era de los pies a la cabeza un magnífico ejemplar de su especie... Y de nuevo tuvo la sensación de conocerlo de algo y de que quizá no debía confiar en él.

Entonces él se presentó y las piezas del puzzle se juntaron mágicamente:

—He olvidado presentarme —dijo, sonriendo—. Soy Zackery Harrison.

Trinity abrió los ojos con sorpresa al tiempo que se le contraían los músculos del estómago. ¡Por supuesto! Bajo la luz la figura del señor Harrison era inconfundible. En persona era tan sexy como en fotografía. Y por lo que sabía Trinity, probablemente tan ambicioso y arrogante como se decía.

Pero aquel no era ni el lugar ni el momento de decirle lo que pensaba de él.

—Yo soy Trinity Matthews —dijo, componiendo un gesto sereno.

–Trinity, lo he pensado y quiero ayudarte.

–¿Por qué?

Zack pareció titubear un instante antes de sonreír y contestar:

–Porque tengo un poco de tiempo libre mientras que tú tienes que volar a Nueva York.

Trinity se quedó absorta contemplando la sonrisa que había visto en tantas imágenes, con la que seducía a mujeres hermosas y persuadía a políticos para que transformaran vecindarios enteros en centros comerciales. A Trinity le hervía la sangre ante personas tan egoístas e inconscientes como Zack Harrison.

Para dominar su irritación, volvió su atención a la personita que llevaba en el brazo. ¿Quién podría abandonar algo tan maravilloso?

–Puedo tomar un avión más tarde –dijo–. Aunque no sepa mucho de bebés, seguro que sé más que tú.

Se suponía que las mujeres tenían espíritu maternal por naturaleza, aunque Trinity sabía mejor que nadie que ese no era siempre el caso.

Cuando Zack se cruzó de brazos como si con ello diera la discusión por zanjada, Trinity dejó la sillita en el suelo y lo imitó.

–No voy a marcharme hasta que me asegure de que la niña está bien –dijo con firmeza.

–Tengo una casa cerca de aquí…

–He dicho que no.

Los niños necesitaban atención y afecto, y Trinity dudaba de que Harrison fuera capaz de ninguna de las dos cosas.

–Mis vecinos cuidan de la casa cuando yo no estoy –continuó Zack–. La señora Dale es una abuela de diez nietos llena de vitalidad. Adora a los niños y en el pasado actuó de madre de acogida.

Trinity disimuló un escalofrío. A pesar de su experiencia, estaba segura de que había muchas madres de acogida excepcionales. Sin embargo, la que le había tocado a ella, Nora Earnshaw, era sinónimo de madre monstruosa.

–La señora Dale sigue teniendo todo el equipo necesario y estoy seguro de que estará encantada de ayudar –continuó Zack con ojos brillantes–. Y tú no querrás perder tu entrevista.

El trabajo lo significaba todo para Trinity. Le daba la oportunidad de viajar y de conocer a gente fascinante, y después de haber pasado casi toda su vida en un pueblo de Ohio, adoraba vivir en Nueva York. Allí estaban sus amigos y su vida. Por eso mismo, con un trabajo muy competitivo y en medio de una crisis en la que cada semana se despedía a varios periodistas, no podía permitirse poner en riesgo su puesto.

Trinity bajó de nuevo la mirada al bebé y se le encogió el corazón. No confiaba en Zack Harrison ni en su vecina. Su propia madre de acogida había aparentado adorar a los niños, pero todo era una gran mentira.

–¿Cómo puedes estar seguro de que tu vecina esté en casa?

–Los Dale son muy hogareños. Llevo varios días aquí y esta mañana, cuando salía, he visto a la señora Dale volviendo a casa después de haber llevado a dar un paseo a uno de sus nietos.

Trinity se mordisqueó el labio y vio que tanto el recepcionista como el botones y el conserje estaban pendientes de ellos y dispuestos a ayudar. Tomó una decisión:

–Estamos en un magnífico hotel. Podemos…

–Este bebé estaría mejor con alguien que sepa cuidarlo –dijo él en un tono que, aunque cordial, no admitía discusión.

Trinity sabía que tenía razón, y que si olvidaba sus prejuicios y confiaba en la vecina de Harrison, llevar a la niña a la casa de este era la mejor opción. Por otro lado, se preguntó hasta que punto su resistencia tenía que ver con la mejor opción para el bebé o con la antipatía que sentía por Harrison.

Miró de nuevo al bebé, que seguía durmiendo profundamente.

–De acuerdo. Vayamos –dijo.

–¿Los dos? –preguntó él, desconcertado.

–No puedo irme sin asegurarme de que esté bien atendida.

Zack Harrison la observó con una expresión que reflejaba tanta seguridad en sí mismo como un estado de alerta permanente, la marca de un hombre que proyectaba fuerza y que se sentía cómodo con esa imagen. Sin embargo, Trinity observó un cambio en su mirada que no llego a interpretar, pero que se parecía mucho al respeto.

–Si es así –dijo él–, será mejor que salgamos antes de que el taxista se marche.

Los dos se agacharon al mismo tiempo a tomar el asa de la sillita y cuando sus manos se tocaron, Trinity sintió una sacudida de calor que le recorrió las venas. Zack la miró y sonrió. Ella dominó sus aceleradas hormonas y se irguió.

–Antes de marcharnos, creo que debo admitir que sé quién eres.

Zack alzó la barbilla.

–Te lo he dicho yo mismo.

–Como todo el mundo, leo los periódicos. Sé que diriges la cadena de hoteles de tu familia y que haces lo que haga falta para conseguir aquello que te propones –Trinity titubeó, pero decidió continuar–: Y sé que te vanaglorias de ser un conquistador.

La sonrisa se le congeló en los labios a Zack.

–¿Perteneces a mi club de fans?

–Lo que quiero decir es que accedo a esto porque creo que es lo mejor para la niña.

–¿Y no porque soy despiadado e irresistible?

Trinity sintió que el corazón le daba un vuelco.

–Desde luego que no.

Zack se aproximó a ella mirándola fijamente con ojos brillantes y sonrisa provocativa.

–De acuerdo, ya que hemos aclarado eso, podemos marcharnos. A no ser que…

Trinity se puso alerta.

–¿A no ser que qué?

–A no ser que nos lo quitemos de en medio lo antes posible.

–¿Que nos quitemos de en medio qué?

—Pensaba que igual querías darme una bofetada o una patada.

Trinity sintió que se le relajaban los hombros. Por un instante había creído que… Pero era una estupidez.

—Intentaré contenerme —dijo.

—Supongo que no habrás pensado que iba a actuar según mi carácter, tomarte en mis brazos y besarte.

Trinity se ruborizó.

—¡Por supuesto que no!

—Puesto que soy un animal, ¿cómo puedes estar tan segura?

—No soy tu tipo —señaló Trinity—. Y aunque lo fuera, no creo que quieras llamar nuevamente la atención por un incidente después de haber aparecido en todos los periódicos la última semana —miró a su alrededor—. Estamos en un sitio público y hoy en día todo el mundo tiene una cámara en el móvil.

Zack la miró con frialdad.

—¿Crees que me preocupan los cotilleos?

—Supongo que no —Trinity ladeó la cabeza—. Pero quizá deberían preocuparte.

Zack sonrió maliciosamente.

—Puede que tengas razón —se acercó a unos milímetros de ella, clavándola en el sitio con la mirada, y dijo—: Y puede que deba proporcionarle al mundo algo de lo que verdaderamente valga la pena hablar.

Capítulo Dos

Zack inclinó la cabeza hacia los asombrados ojos violeta de Trinity y casi se olvidó de que estaba bromeando.

Ella no tenía ni idea de quién era en realidad y era ridículo que asumiera conocerlo cuando su información se basaba en las mentiras de periodistas cotillas. Después de todo, ella formaba parte de un negocio que aprovechaba cualquier fotografía o frase para aumentar su tirada y conservar sus trabajos parásitos.

Pero él no le haría pagar por ello, entre otras cosas porque la señorita Matthews resultaba encantadora cuando se indignaba. ¿Cómo reaccionaría si la besaba? ¿Montaría una escena o se derretiría en sus brazos?

A pesar de que la tentación era grande, decidió no comprobarlo, y en el último momento desvió la trayectoria y, levantando la sillita, caminó hacia la salida. Unos segundos más tarde, oyó que le seguían los tacones de Trinity.

Fuera, la tormenta de nieve arreciaba. Ya en el taxi, Zack llamó a los servicios sociales, donde una mujer, tras pedirle la dirección, dijo que un representante acudiría lo antes posible. También anunció que era su obligación poner al corriente a la policía.

—¿Qué te han dicho? —preguntó Trinity cuando colgó.

—Que se pondrán en contacto con nosotros.

—¿Cuándo?

—Lo antes posible. Entre tanto, lo mejor es que compremos unos pañales y la llevemos con la señora Dale.

Cuando las autoridades se ocuparan del bebé, pagaría un taxi al aeropuerto para Trinity y tras esa buena acción, se sentaría ante la chimenea con una copa de brandy, Quizá incluso le propondría a Trinity que lo acompañara, para ver si estaba dispuesta a traicionar sus principios a cambio de satisfacer su curiosidad de periodista.

Pararon en un tienda. El bebé seguía durmiendo cuando Zack cargó el maletero con toallitas húmedas, leche en polvo, biberones y varias camisetas y monos de cuerpo entero. Como en todos los campos, sabía que la clave era estar bien preparado.

Media hora más tarde llegaban al camino que daba acceso a la casa de sus vecinos. La tarde había caído sobre el apacible y silencioso vecindario, que estaba bordeado de gigantes abetos cuyas ramas se inclinaban con el peso de la nieve recién caída. Una solitaria farola proyectaba su tenue luz sobre el asfalto, pero no se apreciaba ninguna luz en la casa de los Dale. De hecho, era la primera vez que Zack la encontraba totalmente a oscuras y, aparentemente, vacía.

Trinity miraba por la ventanilla, escudriñando la vista a través del empañado cristal.

—No parece que haya nadie —dijo—. ¿Hay cobertura telefónica?

—Si están pensando en volver, será mejor que se den prisa —dijo el taxista, acelerando la velocidad de los limpiaparabrisas—. Se avecina una ventisca.

Zack reflexionó un instante antes de decir:

—Continúe unos cien metros hacia la derecha.

—Un momento —dijo Trinity, asiéndose al cinturón de seguridad—. ¿No has oído al conductor? Si queremos volver, debemos irnos ya.

—Los servicios sociales se han quedado con esta dirección. Debemos esperar a que nos contacten.

Trinity apretó sus sensuales labios y sacudió la cabeza.

—Prefiero volver.

—Me temo que no es la mejor opción.

—¿Por qué no?

—¿Aparte de porque debemos refugiarnos de la tormenta?

Zack guardó silencio para dejar oír el viento que ululaba en el exterior. Por otro lado, no tenía la menor intención de volver al hotel hasta que Dirkins reconsiderara su oferta. Si se alojaba en él, el dueño creería que estaba dispuesto a negociar un acuerdo más ventajoso. Pero ese no era el caso a pesar de que Zack lo compadeciera por su situación personal. Una muerte en el seno de la familia era siempre dolorosa, sobre todo si se trataba de la de un único hijo.

El bebé se revolvió y apretó un puño. Zack contuvo el aliento al verla desperezarse y bostezar al tiempo que fruncía la frente. La decisión estaba tomada.

–Mi casa está a un minuto de aquí –dijo–. No sé tú, pero yo preferiría evitar estar encerrado en un coche con ella si se despierta y empieza a llorar.

La niña volvió a moverse y arrugó la nariz antes de volver a quedarse tranquila.

Trinity mantuvo los labios apretados hasta que finalmente soltó el cinturón.

–Está bien. Vayamos a tu casa.

Zack le dio una palmada en el hombro al conductor. Ya tendrían tiempo de reflexionar sobre las decisiones que habían tomado una vez que los servicios sociales se hicieran cargo del bebé; quizá delante de la chimenea, muy juntos. Porque a pesar de su actitud, la intuición le indicaba que Trinity se sentía atraída por él. Y resultaría interesante llegar a conocerla mejor.

Miró por la ventanilla sonriendo. La verdad era que le gustaría llegar a conocerla mucho mejor.

Al mismo tiempo que el taxi se alejaba, la luna asomó desde detrás de la densa capa de nubes, y cuando un brillo plateado iluminó la escena, Trinity tuvo que reprimir el impulso de frotarse los ojos al ver la espectacular casa con tejado a dos aguas.

Poniéndose la capucha siguió a Zack, que se había adelantando con la niña y la compra. Él abrió la puerta, encendió una luz y Trinity se encontró en un paraíso con calefacción. Sin dejar de observar, admirada, a su alrededor, dejó la bolsa de viaje en el suelo de madera.

La planta baja, diáfana, tenía detalles de un lujo confortable. A la derecha, sobre un área elevada, estaba la cocina con mobiliario de roble y una brillante encimera de granito. Al fondo, había un rincón con tecnología punta y dos confortables sillones de cuero. En el centro de una enorme pared de pizarra, una gran chimenea clamaba por ser encendida. Trinity asumió que un corredor que partía de la entada conduciría a los dormitorios. Cuando se quitó la capucha, su mirada recayó sobre una escalera que conducía a la galería superior.

La voz grave de Zack le acarició la oreja cuando, pasando a su lado, dijo:

—Es el dormitorio principal.

Trinity se estremeció. Su dormitorio. Una secuencia de imagines la asaltó: Zack apoyado en el cabecero de la cama, desnudo, con la sábana por encima de las caderas, acalorado, con expresión pícara… Trinity se amonestó por fantasear con acostarse con un hombre que había convertido la seducción en su pasatiempo favorito. Era evidente que no se trataba de la única mujer sobre la que tenía ese efecto. De hecho, cada mes lo fotografiaban con una mujer nueva. Razón por la cual no tenía sentido pensar en su carisma y en su obvio *sex appeal* cuando ya había hecho el ridículo en el vestíbulo del hotel, prácticamente disolviéndose al creer que iba a besarla.

Quitándose el abrigo, comentó:

–Tu casa es una preciosidad.

–Apenas la disfruto –dijo él, que había dejado la silla del bebé con cuidado y se había quitado el abrigo–. Como tú, vivo en Nueva York. Pero supongo que ya lo sabes.

Trinity pasó por alto la indirecta y continuó observando la habitación.

–¿Así que este es tu escondite?

–Mi padre solía dedicar todo su tiempo al trabajo y, para compensarnos, pasábamos siempre unas vacaciones al año esquiando en Colorado –Zack colgó su abrigo y el de Trinity, y a continuación hizo lo mismo con su chaqueta–. Cuando me hice mayor, seguí viniendo y al encontrar esta casa en un paisaje tan espectacular y con vecinos tan amables decidí comprármela.

–Y no tienes coche? –preguntó ella, deduciéndolo del hecho de que hubiera tomado un taxi.

–Suelo alquilar uno, pero esta vez ha sido imposible –dijo él encogiéndose de hombros. Luego tomó al bebé y fue hacia la cocina–. Voy a hacer un café. Mientras, podemos preparar un biberón.

Trinity lo siguió, admirando sus anchos hombros, que despertaban en las yemas de sus dedos el deseo de tocarlos. En aquel espacio cerrado, la presencia de Zack resultaba verdaderamente apabullante. Y estaba segura de que él era consciente de ello.

21

Una vez más, se recordó que debía ignorar el efecto que tenía sobre ella, pero desafortunadamente, en ese mismo momento, él se aflojó la corbata al tiempo que observaba con atención al bebé con expresión preocupada, y Trinity sintió una violenta reacción física ante su aura de poder y de supremacía masculina. Una oleada de calor la recorrió de los pies a la cabeza, permitiéndole constatar que todo lo que se decía sobre él era cierto. Zack Harrison debía ser el hombre más sexy del mundo.

–¿Deberíamos esterilizarlos?

Trinity tuvo que arrancar su atención de los labios de Zack para registrar la pregunta y darse cuenta de que hablaba de los biberones.

–Sí, claro –dijo precipitadamente–. Yo me ocuparé de ver cómo hacer la leche –añadió, tomando la caja y leyendo las instrucciones a la vez que seguía a Zack de soslayo.

Él empezó a silbar una canción conocida mientras preparaba la cafetera y a Trinity le llamó la atención lo cómodo que parecía a pesar de que suponía que su medio natural sería un apartamento de lujo, de los muchos que poseía, en Nueva York.

–¿Qué se siente? –preguntó sin pensárselo.

–¿A qué te refieres? –preguntó él, sacando unas tazas de un armario.

–A ser dueño de tantas propiedades –dijo ella. Y se reservó la segunda parte: «Por las que cobras sumas desorbitadas».

–No soy el dueño exclusivo de Harrison Hotels

–dijo él, quitándose la corbata y dejándola sobre la encimera–. Es un negocio familiar.

–¿Trabajas a diario con tus padres y tus hermanos?

Trinity siempre había añorado tener hermanas que permanecieran en su vida en lugar de encariñarse con niñas que luego eran trasladadas a otras casas de acogida. Después, había soñado con formar su propia familia, tener un marido que la apoyara y al menos un niño, aunque preferiblemente, dos. Incluso había elegido los nombres, Pero con los años, sus planes habían cambiado. Para cuando se dio cuenta, Zack estaba contestando su pregunta y no había escuchado el principio.

–Hay días buenos y malos. En cierto sentido nos parecemos –Zack sacó la leche de la nevera–, pero también somos muy distintos. ¿Y tú? ¿Tienes familia?

Trinity sintió la punzada de dolor que siempre la atravesaba cuando se hablaba de ese tema. Concentrándose de nuevo en la caja de leche en polvo dijo:

–No como la tuya.

–¿Eso qué significa?

–Que no tengo familia… de sangre.

Era una respuesta esquiva, pero a Trinity no le gustaba hablar del pasado, y menos con alguien como Zack, que lo tenía todo. Además, había dejado su pasado atrás.

Y sin embargo, a la vez que habría la caja y miraba de nuevo al bebé, sintió un nudo en la garganta.

Por primera vez en mucho tiempo, y a pesar de la fama que precedía a Zack, alguien le había abierto su casa y se comportaba con generosidad.

–La verdad es que estuve bajo la tutela del estado –dijo con el corazón acelerado.

Alzó la mirada y vio que Zack se quedaba congelado, con la cafetera en el aire, a la vez que la miraba con ojos penetrantes.

–Por eso… –dijo, lanzando una mirada hacia el bebé. Y Trinity asintió.

–Por eso me resultaba imposible dejarla.

Zack dejó escapar un prolongado suspiro a la vez que servía dos humeantes tazas de café. Luego volvió a mirar a Trinity, en aquella ocasión con una nueva empatía que inquietó a esta.

–¿Has tenido una vida difícil?

Ella le dedicó una sonrisa de labios apretados.

–No a todo el mundo le toca una señora Dale.

–Pero has progresado. Ahora trabajas para… –Zack le pasó una taza y Trinity sonrió. Por la educada pero vacía mirada de Zack en el taxi, se había dado cuenta de que no conocía la revista.

–*Story Magazine*.

–Exactamente.

Zack bebió un sorbo. Ella lo imitó, dejándose reconfortar por el calor y el delicioso sabor. Luego sostuvo la taza entre las manos para calentárselas y notó que Zack la miraba.

–¿Alguna vez has entrevistado al exitoso dueño de una cadena de hoteles que además rescata bebés? –preguntó.

Ella lo miró y, ladeando la cabeza, se mostró intrigada.

–La verdad es que no.

–Si juegas bien tus cartas, puede que esté dispuesto a contestar algunas preguntas.

–Tengo una ahora mismo.

–Soy todo oídos.

Trinity tuvo la absurda idea de preguntarle: «¿Cuando te has cercado a mí en el hotel querías besarme o ponerme en mi sitio?», pero sonrió y dijo:

–¿Puedes darme azúcar?

–Claro –dijo él. Y sonriendo, añadió–: Toda la que quieras.

Al pasarle el azucarero, su brazo rozó el de Trinity y esta tuvo que hacer un esfuerzo para que no notara hasta qué punto la afectaba. Trinity se sirvió una cucharada y revolvió con parsimonia. Desvió la mirada hacia el bebé. Zack hizo lo mismo y preguntó:

–¿Qué tiempo debe tener?

–Unos tres meses.

–No tiene ningún sentido que la hayan abandonado. Quizá hay algo más.

Trinity tuvo una idea que le produjo un escalofrío.

–Puede que la raptaran para pedir un rescate y luego se acobardaran.

–¿Eso es lo que te pasó a ti? –preguntó él con calma.

Trinity sacudió la cabeza pero no amplió la explicación. Era imposible que un hombre como

Zack, tan vinculado a su familia, pudiera comprender.

El bebé dejó escapar un gemido, se revolvió y abrió los ojos. Zack y Trinity se inclinaron sobre ella al tiempo que bostezaba y enfocaba la mirada. Trinity se sintió embargada por una emoción que no había experimentado nunca antes.

–Tiene los ojos azules –susurró.

–¿Tendrá hambre?

Como si quisiera responder, la niña empezó a llorar y para cuando Trinity la soltó de la silla, el llanto se había transformado en sollozos. Trinity la abrazó contra el pecho.

–Pobre pequeña –musitó–. Debe de estar mojada. Voy a cambiarla. ¿Puedes ocuparte del biberón?

–Claro –Zack miró la caja dubitativo–. ¿Has dicho que había instrucciones?

–En el lateral. A no ser que prefieras cambiarla tú.

–El biberón estará listo cuando acabes –dijo Zack a modo de respuesta.

Luego acompañó a Trinity a un dormitorio con baño. Ella dejó a la niña sobre la cama y fue a por una toalla para no manchar la colcha. Cuando volvió vio que Zack seguía en el umbral de la puerta.

–Temía que pudiera rodar y caerse –dijo él.

–A los tres meses todavía no saben girarse.

Trinity lo había aprendido cuando Nora Earnshaw tuvo que cuidar un bebé durante un tiempo. Con siete años, Trinity había sido la encargada de atenderla. Cuando se lo llevaron de un día para el otro, le rompieron el corazón. Su único consuelo fue saber que su siguiente casa de acogida sería mejor que la de Nora. Con suerte, incluso le dejarían llorar.

Zack se pasó la mano por el negro cabello.

–Será mejor que prepare el biberón.

Trinity sonrió para sí al tiempo que apretaba su frente contra la de la niña. Resultaba irónico que un hombre tan fuerte y autoritario pareciera asustado de un ángel como aquel.

Diez minutos más tarde salía con la niña cambiada, que miraba a su alrededor con curiosidad y sus ojos azules muy abiertos. En la cocina, con las mangas dobladas, Zack comprobaba la temperatura de la leche en la parte interior de la muñeca. La imagen era tan divertida y enternecedora que Trinity estuvo a punto de reír. Zack estaba tan concentrado en su tarea que no notó que parte del líquido caía al suelo.

–No sé si lo sabes, pero la leche mancha –dijo Trinity, cruzando la habitación.

Zack alzó la mirada y luego la bajó hacia las gotas que le caían sobre los zapatos y el suelo. Con un gruñido, tomó un trapo y las limpió.

–Tenía que comprobar la temperatura –dijo.

–Si sigues probándola no va a quedar leche en el biberón –bromeó Trinity.

Con una sonrisa que la derritió, Zack sostuvo el biberón en alto.

–Estoy orgulloso de informar que el líquido está perfectamente mezclado y, si se me permite decirlo, a la temperatura ideal.

–Siendo así… –Trinity hizo ademán de pasarle a la niña– ¿Quieres hacer los honores?

La sonrisa se borró de los labios de Zack.

–Casi prefiero esperar al siguiente turno.

–No va a morderte.

–¿Cómo lo sabes?

Trinity se preguntó qué habría hecho de no haberlo acompañado ella. Salió de la cocina.

–Necesito sentarme.

Al pasar a su lado para adelantársele, Zack le puso la mano en la parte baja de la espalda y Trinity sintió el calor expandirse entre su pecho y su corazón. Por un instante, se regodeó en la sensación, pero pronto reaccionó: dada la falta de experiencia de Zack con niños, le correspondía a ella asumir el mando.

Zack le indicó una de las butacas de cuero blanco y Trinity, al sentarse, sintió que se acomodaba en una nube. Él tiró de una palanca en el lateral y la parte baja se elevó hasta que las piernas le quedaron casi horizontales.

Encontrar a la niña y acompañar a Zack a aquella casa en medio de la nada era lo más surrealista que le había pasado a Trinity. Acomodarse en la butaca, con Zack observándola de pie, a su lado, le hacía sentirse inquieta. Y despertaba su curiosidad. La prensa había publicado su ruptura con Ally Monroe. ¿La habría sustituido ya por otra? ¿Sentiría alguna culpabilidad por las decisiones que tomaba en sus negocios y que perjudicaban a tantos ciudadanos? ¿Era tan bueno en la cama como todo el mundo asumía?

Tras conocerlo, Trinity habría apostado que incluso mejor.

–¿Qué más necesitas? –preguntó él con las manos en las caderas.

Trinity miró a la niña, que fruncía levemente el ceño y movía sus deditos sobre el borde de la toquilla que la envolvía.

–¿Puedes traerme una toalla por si se escapa algo de leche?

Zack le dio el biberón, se fue y volvió con la toalla.

–Buena suerte, capitán –dijo en un impostado tono de solemnidad con una pícara sonrisa.

–Informaré si se produce alguna baja –replicó ella, antes de inclinar el biberón.

Los ojos del bebé se abrieron y al instante, rodeaba la tetina con la boca y empezaba a succionar como si no hubiera comido en días. A Trinity se le formó un nudo en el estómago. ¿Cuándo la habrían alimentado por última vez? ¿Dónde estaba su madre? Si estaba buscando a su pequeña, debía estar pasando una agonía. Igual que su madre antes de que…

–Todavía no ha llamado nadie –dijo Zack.

Trinity salió de su ensimismamiento y volvió al presente mientras él tomaba una silla y se sentaba en una silla a su lado, con los codos sobre las rodillas y los dedos entrelazados.

–Puede que la nieve impida que llegue la policía. Voy a poner el canal del tiempo para ver si dicen algo –Zack miró a la niña y sonrió–. Parece que tienes práctica.

–Es ella quien hace todo el trabajo –dijo Trinity. Y a toda velocidad.

Fuera, el viento aullaba y la nieve caía en remolinos. La niña se adormeció en brazos de Trinity.

–¿No debería echar el aire? –preguntó Zack.

–Seguro que se te da de maravilla –dijo Trinity, haciendo ademán de pasársela.

–Preferiría que lo hicieras tú.

–Para ser todo un hombre, eres un poco cobarde –bromeó Trinity.

Aunque se mostrara tan temeroso, Trinity pensó que tenía razón. Quitó el biberón de los labios de la niña, quien, al contrario de lo que Trinity esperaba, se limitó a suspirar con placidez. Trinity la colocó sobre su lado derecho al tiempo que Zack le protegía el hombro con la toalla. Entonces Trinity se inclinó hacia adelante y le frotó la cálida espalda mientras el corazón se le henchía con la deliciosa sensación de sostener algo tan pequeño e indefenso. Tan valioso.

Pasaron los minutos sin que las palmaditas surtieran ningún efecto y se preguntó si debía darle lo que quedaba de biberón. Zack debió percibir su incertidumbre, porque dijo:

–Puede que tarde un poco –al ver que Trinity lo miraba como si se preguntara de dónde sacaba esa información, él se encogido e hombros–. Tengo muchos sobrinos y sobrinas.

Dos minutos más tarde, estaba sentado al borde de la silla con gesto de preocupación.

–Dale un poquito más fuerte.

Trinity se irritó. No necesitaba que la agobiara.

—¿Por qué no vas a preparar tu próxima compra inmobiliaria?

—Me he tomado dos días libres.

—Pues prepara algo para comer.

—¿Qué te hace pensar que sé cocinar? —preguntó él.

—Por la misma lógica por la que tú has asumido que yo sabía cambiar a un bebé.

Zack rio quedamente y se puso en pie.

—Está bien. Prepárate para ser sorprendida.

Trinity puso los ojos en blanco sin dejar de masajear la espalda de la niña.

—Deja que adivine: pasta con queso.

—¿Eres consciente de que soy lo único que te separa entre ser alimentada o morir de hambre?

La niña respondió por Trinity, dejando escapar un sonoro y poco femenino eructo.

Boquiabierto, Zack se pasó los dedos por el cabello.

—Se ve que el sistema digestivo le funciona a la perfección.

Trinity se puso en pie y le dio algunas palmaditas más, que la niña gratificó con otro eructo. Separándola de su hombro para verle la cara, Trinity dijo, animada.

—Parece completamente satisfecha.

Y la niña volvió a eructar. Aunque en aquella ocasión no fue solo aire lo que salió de su cuerpecito.

Capítulo Tres

Con el tercer eructo salió casi todo el biberón. Trinity bañó a la niña en una gran palangana. Inicialmente, la manejó con torpeza, pero una vez la niña se calmó tras un rato de llanto que parecía incesable, empezó a salpicar, lanzar grititos y patadas, y la tarde resultó mucho más divertida de lo que hubiera esperado.

Tras secarla, ponerle el pañal y el pijama, Trinity se cambió la blusa sucia por una limpia. Luego siguieron varias horas de canciones, paseos por la casa meciéndola, y algún biberón menos abundante que el primero. A Trinity le sorprendió la cantidad de energía necesaria para ocuparse de un bebé y acabó exhausta.

Zack preparó de cena filetes y ensalada que ninguno de los dos probó. Trinity porque estaba demasiado ocupada, y él, por solidaridad.

Cuando la niña finalmente se quedó dormida, Zack preparó una de las butacas con la parte baja levantada para acomodarla, y Trinity la echó. Tras observarla largamente, fue a darse una ducha.

Las opciones que tenía de ropa se limitaban a un traje de chaqueta y un pijama de seda rojo con unas zapatillas a juego. La decisión estaba clara. Estaba demasiado cansada para preocuparse de si su indumentaria era o no apropiada para estar a solas con un hombre de mala reputación. En cualquier caso, dudaba que Zack tuviera fuerzas para intentar seducirla.

Con el cabello húmedo recogido en un moño flojo y una agradable sensación de limpieza, entró en el salón y se quedó parada al pie de las escaleras.

Aparte del viento soplando en el exterior, la casa estaba sumida en el silencio. La habitación estaba en total oscuridad excepto por el titilante resplandor que surgía de la pared opuesta. Trinity se acercó con sigilo. Por encima del respaldo de los sillones fue viendo la escena completa.

Agachado junto a la chimenea, su atractivo anfitrión alimentaba las llamas azules y naranjas de un magnífico fuego, en una visión tan hipnótica que Trinity se descubrió observándolo boquiabierta.

Él pareció percibir su presencia porque miró en su dirección y la observó detenidamente. Su mirada fue tan claramente de aprobación, que Trinity la sintió como una caricia ardiente que le hizo sentirse más deseable que nunca.

Con un ágil movimiento, Zack se puso en pie, dejó el atizador junto al hogar y se acercó a ella.

—Te has preparado para irte a la cama.

Su voz grave y aterciopelada la envolvió. Trinity respiró profundamente y cuando su olor le llenó los pulmones, sintió que temblaba por fuera y por dentro. La seductora naturaleza de las sombras, la impactante presencia de Zack… Trinity se sentía fuera de la realidad, como si viviera un sueño. Y si Zack la hubiera tocado en aquel momento, habría sido incapaz de resistirse.

–Debes estar exhausta –dijo él, mirándola a los labios.

Trinity sintió que se le secaba la garganta e intentó aclarar su mente. Debía estar actuado bajo los efectos del cansancio.

–Sabía que en algún momento tendría que dormirse –dijo.

–Yo lo dudaba. No me extrañaría que se despertara pronto.

–Espero que no. Se me han acabado todas las canciones.

Zack inclinó la cabeza hacia la chimenea. Los ojos de Trinity se habían adaptado a la penumbra y pudo ver un grueso edredón extendido en el suelo y varias almohadas apoyadas contra lo sillones.

–Llevo soñando con un brandy delante del fuego desde las cuatro de la tarde. ¿Quieres acompañarme?

Trinity sintió que se le aceleraba el pulso. Una cosa era que su hostilidad hacía él hubiera disminuido y otra que aceptara aquella invitación. Pero antes de que pudiera rechazarla, Zack levantó las manos.

–Ya sé que piensas que soy un lobo…

–Yo y cualquiera que lea la prensa.

Zack resopló, pero no dejó de sonreír.

–En cualquier caso, prometo no usar mis supuestas técnicas de seducción mundialmente conocidas para aprovecharme de la situación.

–¿Y por qué habría de creerte?

–Porque tú misma has dicho que no eres mi tipo, ¿recuerdas?

Aunque fuera verdad, eso no impedía que Zack Harrison fuera irresistible y coqueto por naturaleza, así que lo mejor sería no arriesgarse.

–Mejor me preparo un chocolate.

Cuando hizo ademán de ir hacia la cocina, él la detuvo.

–Vamos, Tri, dame un respiro. Los dos estamos agotados. Tomemos una copa juntos antes de irnos a la cama.

Trinity se quedó sin aliento, tratando de decidir si la actitud de buen chico formaba parte de su repertorio de conquistador o si estaba sobrevalorando el interés que Zack pudiera tener en ella. Por otro lado, no le faltaba razón. Era tarde, estaban cansados y le vendría bien relajarse.

–Un brandy puede que me noquee –admitió con una sonrisa–. Pero me encantaría un vino.

Los ojos de Zack resplandecieron a la luz del fuego antes de que fuera hacia un mueble bar mientras Trinity observaba su cuerpo de atleta de piernas largas y fuertes.

Ella se acomodó sobre el edredón, recostándose contra las almohadas, y sintió que se le relajaban los músculos. Sabía que podía estar equivocándose, pero resultaba tan placentero, que no quería plantéarselo.

Zack le dio una copa de vino, se quedó con la de brandy y ocupó un lugar a una distancia prudencial de ella. Trinity aspiró el aroma de la copa, dio un sorbo y sonrió al sentir el cálido líquido deslizarse por su garganta.

–¿Bien? –preguntó él.

–Perfectamente.

Él también se apoyó en las almohadas y probó su copa con gesto de satisfacción. De pronto frunció el ceño y miró a Trinity.

–Deberíamos comer algo.

Ella se acomodó y dijo:

–Espera cinco minutos.

–Entonces no querrás que te recuerde que deberías llamar a tu jefe para decirle que no llegarás a la entrevista de la mañana.

Trinity sintió que se le encogía el estómago al pensar en las explicaciones que tendría que dar, pero suspiró, cerró los ojos y musitó:

–Solo cinco minutos.

Un rato después, Trinity sintió algo rozarle la cintura. Se despertó sobresaltada y abrió los ojos. Zack le estaba cubriendo las piernas con otro edredón.

–Si la niña se despierta durante la noche –dijo él, a la vez que recuperaba su copa–, me ocuparé yo de ella.

Echándose de nuevo, Trinity sonrió al imaginarlo cambiando el pañal. Una rama golpeó el tejado. Trinity se deslizó hacia abajo al tiempo que subía el edredón hacia la barbilla. La tormenta no parecía remitir y el viento seguía rugiendo. Contemplaron el fuego en silencio hasta que Zack comentó:

–Te estás quedando dormida.

–Estaba observando las imágenes del fuego –dijo ella, incorporándose.

–Tienes un espíritu artístico –dijo él, haciendo girar el brandy en la copa.

–Me domina el hemisferio derecho del cerebro –Trinity pensó en el magnífico dibujo que saldría con Zack como modelo y sonrió–. Me gusta dibujar.

–Yo soy malísimo. ¿Te gustan la química y la física?

Trinity se cubrió la boca y fingió un bostezo.

–Ya veo –dijo Zack, sonriendo, divertido–. ¿Qué ves en el fuego?

–A veces animales. Otras, caras de personas.

–¿Y ahora?

Trinity observó pensativa las llamas y dijo:

–Veo un bebé, biberones, risas. Alguna lágrima. Estoy segura de que voy a soñar con ello.

–No parece que te importe.

Trinity bajó la mirada. ¿Tan obvio era?

–Es una monada. Me va a costar despedirme de ella.

Con el rabillo del ojo vio que Zack volvía girar el líquido en la copa antes de decir:

–Imagina lo contentos que se van a poner sus padres.

–Sí –Trinity intentó dejar a un lado su experiencia como niña a la que nadie había reclamado, y sonrió–. Estoy segura.

Zack mantenía una actitud neutra y relajada, pero Trinity Matthews lo afectaba de una manera extraña y sumía en la confusión su siempre lúcido estado mental. Aquellos momentos compartidos ante el fuego solo estaban sirviendo para acentuar esa sensación. A pesar de que Trinity censuraba su vida personal, se sentía fuertemente atraído por ella. Habría querido acercarse y abrazarla. De hecho, quería besarla lenta y pausadamente, meterse en la cama con ella una semana.

La mirada alerta de Trinity, las vibraciones que le transmitía cuando bajaba la guardia... No podía evitar preguntarse cómo reaccionaría si alargaba la mano y trazaba con el dedo el perfil de su rostro, si inclinaba la cabeza hacia ella, si la tomaba en brazos y la llevaba a su cama. La tentación era ridículamente poderosa.

Por eso mismo tenía que tener cuidado.

No porque se sintiera incómodo con cualquier aspecto de la atracción física, y menos cuando la despertaba alguien tan inteligente, competente y lleno de vida. Admiraba a cualquiera que tuviera opiniones propias, incluso aunque fueran las equivocadas. Lo que le preocupaba era la peculiar profundidad de las emociones que le hacía sentir Trinity Matthews. No era la primera vez que una mujer le intrigaba, pero nunca de una forma tan poderosa ni tan inquietante.

En parte, debía deberse a lo inusual de las circunstancias. Estaban aislados y compartían una inesperada y emotiva experiencia. Esa debía ser la causa principal de aquel irreprimible y perentorio anhelo.

Tras unos minutos de silencio, se puso en pie.

–Será mejor que me dé una ducha –dijo.

–Yo defenderé el fuerte –contestó Trinity con expresión soñolienta.

Antes de dejar escapar a la bestia que urgía a ser liberada, Zack fue a su dormitorio. Tenía la certeza de que, de no ser por el bebé, le abriría la reja. Pero después del esfuerzo que Trinity había hecho para calmar a la niña, se merecía un descanso. Así que, al menos temporalmente, pondría un candado en la puerta. Por el momento, la niña era su prioridad. Una vez se ocuparan de ella...

Zack se quitó la camiseta. Lo que pasara en el futuro no estaba en sus manos.

Cuando estaba enjabonándose sonó el teléfono. Estuvo a punto de no contestar hasta que se recordó que podía tratarse de la niña. Salió de la ducha y contestó. Al otro lado estaba la mujer de servicios sociales con la que había hablado, Cressida Cassidy.

–Siento no haber llamado antes. Hemos informado a las autoridades. Uno de sus representantes irá mañana con alguien de mi equipo. El tiempo es espantoso. Espero que no le importe cuidar de la niña durante esta noche.

–No, claro –contestó, quitándose jabón de la cara.

–¿Está tranquila?

–Completamente.

Zack no pensó que fuera necesario explicarle las distintas fases por las que habían pasado y que le habían confirmado que no estaba preparado para casarse y tener hijos.

–Señor Harrison, hay otra cosa que debe saber.

Zack tomó una toalla y esperó. Tras unos segundos, miró la pantalla y frunció el ceño. Se había cortado.

Otra rama cayó sobre el tejado y Zack se sobresaltó antes de correr al teléfono del dormitorio. La señora Cassidy volvería a llamar. No había especificado la hora en que pasarían a recoger a la niña.

Mientras el viento ululaba entre las copas de los árboles del exterior, fue hasta una cómoda para buscar un pijama. Una violenta ráfaga de viento sacudió la casa a la vez que se caía al suelo la toalla que llevaba a la cintura. A continuación se oyó un ensordecedor trueno y tras parpadear un par de veces, aquel sorprendente día dio un nuevo e inesperado giro.

En el piso de abajo, el motor del frigorífico hizo un ruido sordo y se apagó; al igual que la tenue luz del mueble bar. Excepto por la luminosidad que emitía el fuego de la chimenea, la casa quedó sumida en la más absoluta oscuridad.

Trinity se obligó a respirar. La tormenta debía haber afectado al tendido eléctrico. El apagón podría durar varias horas, o quizá solo unos minutos. Afortunadamente, había una cocina de gas con la que podrían calentar leche para la niña.

Trinity se mordió el labio y se deslizó bajó el edredón, subiéndolo hasta el cuello, mientras abría desmesuradamente los ojos para penetrar la sombras que la rodeaban. Nunca le había gustado la oscuridad y había buenas razones para ello.

Oyó pisadas procedentes del piso superior. Aguzó la vista y percibió una figura. Oyó un ruido metálico y luego la figura se movió y… ¿desapareció?

Trinity podía oír el eco de su corazón. Un instante después, algo le rozó el brazo. Se sentó de un salto, cubriéndose con el edredón. A la luz del fuego reconoció la cara y suspiró aliviada. ¿Quién podía haber sido sino Zack?

−¿Estás bien? −preguntó este con voz grave−. Pareces asustada.

−No sé por qué. Hay una tormenta descomunal y se ha ido la luz, justo en el momento en el que decides acercarte a hurtadillas −dijo ella con sorna.

−¿Quieres que te sujete la mano para calmarte?

Aunque sabía que bromeaba, Trinity tuvo que reprimir el impulso de aceptar la oferta. En lugar de hacerlo, alzó la barbilla y tomó la copa de vino.

−No necesito que nadie me calme.

Fijó la mirada en el rostro de Zack y la deslizó por su cuello. Luego frunció el ceño y entornó los ojos para ver mejor. Tragó saliva, pero su voz sonó quebrada:

−¿Qué llevas puesto?

Zack se miró como si no lo recordara.

−Una toalla.

Trinity intentó encoger los hombros con indiferencia, como si diera lo mismo que aquel Adonis estuviera a su lado, prácticamente desnudo. Por su parte, Zack no parecía en absoluto incómodo. Trinity recorrió su musculoso brazo con la mirada y volvió a tragar. Tenía un cuerpo escultural. Y olía deliciosamente a almizcle y hierba fresca. Trinity sintió un cosquilleo en los dedos con el deseo de seguir la línea de sus abdominales, de posar las manos sobre su pecho.

–¿Quieres más? –preguntó él.

Trinity volvió la mirada a sus ojos, que la observaban con un brillo malicioso. Había estado tan enfrascada en la contemplación el cuerpo de Zack que no tenía ni idea de qué le ofrecía.

–¿Más qué? –preguntó con voz ronca.

La sonrisa de Zack se amplió. Se había dado cuenta de que la había turbado.

–Vino.

–Prefiero no pasarme –dijo ella, dejando la copa a un lado.

Los músculos de estómago de Zack se contrajeron cuando se rio.

–De vez en cuando es necesario pasarse, Trinity.

–Yo prefiero no apartarme del buen camino.

–¿Ah, no? –Zack la miró fijamente antes de ir al bar. Mientras se servía otro brandy, preguntó–: ¿Tan mala fue?

–¿El qué?

–La ruptura –dijo él, mirando en su dirección por encima del hombro–. Deduzco que es reciente y que fue difícil.

Trinity se alegró de que no pudiera ver la forma en que se ruborizaba.

–¿Qué te hace suponer algo tan descabellado?

—Tu actitud. Mi experiencia.

—¿Con las mujeres?

—Así es.

—Siento decepcionarlo, doctor Freud, pero no tengo tiempo para salir con nadie.

—Eso sí que es un problema.

—Si lo es, no es de tu incumbencia.

Zack volvió a acercarse. Con cada paso la toalla parecía deslizarse un centímetro hacia abajo. Se quedó de pie y observó a Trinity mientras bebía de la copa. Ella irguió la espalda con gesto desafiante.

—¿Es esta una de tus tácticas? ¿Observar al otro desde una posición elevada para amedrentarlo?

—Así que sí ha sido difícil —se limitó a decir él.

Instintivamente, Trinity pensó que debía reírse y decirle que se fuera con sus preguntas a otra parte. Pero tenía razón. «Difícil» resumía perfectamente el final de su última relación. Dando un suspiro, dijo:

—Era muy considerado y escuchaba maravillosamente. Pero no le gustaban los niños.

—¿Habíais llegado tan lejos?

—No me había propuesto matrimonio, si es a eso a lo que te refieres. Pero para mí es muy significativo que alguien sienta rechazo por los niños.

—No es por defenderlo, pero los hombres somos un poco lentos en ese sentido.

—¿Por qué?

—Porque para tener hijos hay que estar dispuesto a...

—¿Comprometerse? —concluyó Trinity por Zack.

–Exactamente –Zack indicó el edredón con un gesto de la cabeza–. ¿Te importa si te acompaño? Primero me quitaré la toalla, claro.

Trinity abrió los ojos desmesuradamente, hasta que se dio cuenta que solo pretendía provocarla.

–Quieres decir que vas a ponerte algo más apropiado.

–Exactamente –dijo él. Y se fue.

Unos segundos más tarde se oyeron ruidos en la cocina y luego un rayo de luz barrió la habitación antes de desparecer hacia otra zona de la casa.

Trinity se acurrucó en la improvisada cama. Si la calefacción era eléctrica y no de gas, tampoco tendrían calor… A no ser que fuera humano. Solo de pensarlo, se le aceleró el pulso y le prohibió a su mente tomar esos derroteros.

Cuando Zack volvió, llevaba pantalones de pijama y una camiseta holgada.

–He echado un vistazo fuera –dijo él–. Hay una gruesa capa de nieve.

–¿Y sigue nevando?

–Sí, aunque con menos fuerza. Con suerte, mañana amanecerá un día despejado y volverá la electricidad. Afortunadamente, la cocina, la calefacción y el agua funcionan con gas, así que no pasaremos frío y podremos alimentarnos –Zack miró al fuego–. La mujer de los servicios sociales ha llamado justo antes de que se fuera la luz.

Añadió que recogerían a la niña en cuanto pudieran, y Trinity, aun sabiendo que debía sentirse aliviada, no pudo evitar preocuparse. Zack se sentó a su lado y se cubrió con otro edredón a la vez que lo sacudía un escalofrío.

–Hace un frío helador ahí fuera –dijo–. Y una oscuridad total. Hace años que no había un apagón –como si percibiera la inquietud de Trinity, añadió–: Es el momento perfecto para contar cuentos de terror.

–¡Ni hablar! –dijo Trinity.

–Me acuerdo de una vez, cuando tenía diez años, que mi padre nos llevó a pasar unos días al campo –empezó él, como si no la hubiera oído–. La única casa disponible era una especie de cobertizo destartalado –continuó con voz grave.

–No vas a asustarme. No creo en fantasmas.

–Yo tampoco creía en ellos… Hasta aquella noche.

Resoplando, Trinity se cubrió hasta la barbilla.

–Permite que lo dude. No te pega temer a seres que aparecen en medio de la noche.

–¿Tú tampoco?

–No, al menos a los sobrenaturales.

Trinity percibió la mirada de curiosidad que Zack le dirigía y decidió cambiar el rumbo de la conversación. Era preferible oír la historia.

–Así que os alojasteis en un viejo cobertizo.

–Que había sido renovado años antes e incluía una cocina, un salón y dormitorios en el piso superior. Aunque la electricidad funcionaba, solo había algunas bombillas. La chimenea estaba cubierta de telas de araña, las paredes y el tejado crujían como para que mi hermana se mordiera las uñas hasta los nudillos. Ahí empezó todo.

45

–¿Tu miedo al lado oscuro?

–No. La costumbre de Sienna de morderse las uñas. Todavía lo hace –Zack cruzó las manos bajo la cabeza y continuó–: El caso es que la bombilla del cuarto de los chicos se fundió.

–¿Cuántos hermanos sois?

–Tres: Mason, Dylan y Thomas. Aunque éramos muy valientes… –Zack hizo una breve pausa para dejar espacio a la sonrisa sarcástica de Trinity–, cuando nos quedamos a oscuras, salimos todos corriendo del cuarto. Nuestros padres estaban sentados en los polvorientos sofás del salón, y mi padre, furioso, dijo que demandaría a la empresa de alquiler.

–¿Dónde estaba tu hermana?

–Acurrucada en el regazo de mi madre. Era, y siempre será, la pequeña.

Sonriendo, Trinity se imaginó a una muñequita con coletas que provocaba continuamente a sus hermanos y a la que nadie castigaba.

–Así que pasasteis la noche juntos delante de la chimenea, como nosotros hoy.

–Así es –Zack bajó las manos y se ladeó para mirar a Trinity–. Hasta que empezaron los ruidos.

–¿Qué ruidos?

–Unos ruidos distantes que se aproximaban, agudos como gritos, seguidos de arañazos en la madera. A lo lejos se oyó un gallo.

–¿De noche?

–Entonces decidimos despertar a mi padre, que se había quedado dormido. Cuando oyó los ruidos, se le pusieron los pelos de punta.

Trinity se estremeció. Llevándose las rodillas al pecho, se abrazó a ellas al tiempo que preguntaba:

—¿Qué hizo?

—Lo que haría cualquier padre en esa situación: ir a investigar. Estuvo fuera un tiempo que pareció una eternidad, y entre tanto, los ruidos fueron aumentando de volumen. El gallo volvió a cantar, esta vez más cerca; y los arañazos sonaban sobre nuestras cabezas. Se oía el batir de alas. Murmullos. Me tapé la cabeza cuando se oyó un sobrecogedor cloqueo.

—¿Un cloqueo?

—En ese momento volvió mi padre y nos dijo que había descubierto qué pasaba y que no nos preocupáramos. No era más que un puñado de *pollo-geists*.

Trinity, que había contenido el aliento, lo miró con ojos centelleantes al tiempo que él sonreía de oreja a oreja. Un segundo más tarde, ella resopló y le dio una palmada en el brazo.

—¡No tiene ninguna gracia!

—Solo quería gastarte una broma.

Trinity no pudo evitar sonreír aunque mantuvo una expresión enfurruñada.

—Pues no dejes tu trabajo por el de comediante. ¡*Pollo-geists*!

—Mi hermano mayor tiene hijos y les encanta que les cuente esa historia. Soy capaz de entretenerlos, pero no de cambiar pañales.

—¿No tienes madera de padre?

—Supongo que ya lo has notado.

Trinity se acomodó de costado sobre las almohadas, mirándolo de frente.

–¿Ves a tu familia a menudo?

–Sí, y me encanta. Lo único que me irrita es que insistan en que debo sentar la cabeza –forzando un acento formal y anticuado de clase alta, añadió–: Como si viviéramos en el siglo XIX y todo caballero debiera encontrar la esposa adecuada.

–Puede que solo quieran verte feliz.

Zack enarcó las cejas.

–¿Acaso no parezco feliz?

–Un soltero feliz –dijo ella–, pero quizá tu familia está cansada de que aparezcas con una mujer distinta cada vez que te ven.

–Se trata de mi vida, no de la suya –Zack volvió a apoyar la cabeza en las manos y miró al techo–. Yo estoy contento con mi vida tal y como es. ¿Y tú?

–También. Estoy ocupada y me gusta mi trabajo.

–Y ahora que has roto tu relación, eres libre.

–Completamente.

–Pero supongo que en algún momento querrás ponerte una alianza y tener hijos. Se te dan bien.

Trinity sintió que se le encogía el corazón. Al notar que Zack la miraba con curiosidad, explicó:

–Me gustan los niños, pero no cuento con una familia que me apoye y pueda ayudarme. Además, y aunque no tengo nada contra la adopción, no me tienta. Y jamás me sometería a una fertilización *in vitro*.

Zack se incorporó sobre el codo y apoyó la barbilla en la mano.

–¿Quieres decir que has renunciado a tenerlos? ¿No has roto con tu novio porque no quería hijos?

–Rompí con él porque ese era un síntoma de otras cosas. Ni siquiera le gustaban los animales.

Zack sonrió.

–¿Y qué hay de tu vida profesional?

–Confío en llegar a ser editora de una revista de prestigio –dijo Trinity. Y en broma, añadió–. Y mantenerme alejada de hombres que hacen malos chistes.

–Hoy no vas a librarte de mí.

–Al menos la culpa la tiene una buena causa– dijo ella dando un exagerado suspiro.

El brillo malicioso de los ojos de Zack cambió de naturaleza al tiempo que se desvanecía su sonrisa y el ambiente se cargaba de tensión. Solo el crepitar de las llamas rompía el silencio, y Trinity percibió un nervio que palpitaba en el cuello de Zack. Sus senos respondieron al instante endureciéndose, a la vez que una deliciosa presión se acomodaba en su vientre. Vio que Zack se humedecía los labios y que su mirada se oscurecía. Entonces él le acarició la mejilla y ella entornó los ojos.

–Se te ha salido un mechón de cabello del moño –dijo él con voz ronca, retirándoselo tras la oreja.

–Ah –dijo ella con la respiración agitada. Y sin tener tiempo para reprimirse, dijo–: Creía que ibas a besarme.

A Zack se le aceleró el pulso. Parpadeó lentamente y dijo:

–Llevo deseándolo toda la noche –se inclinó y le acarició los labios con los suyos–. El problema es que si empiezo, dudo que pueda parar.

A la vez que alzaba la mano y, apoyándola en su hombro lo atraía hacia sí, Trinity susurró:

–Además, debemos recordar que estamos aquí por la niña.

Él le pasó la lengua por la línea de los labios.

–Siempre podemos darnos un achuchón –dijo. Y Trinity sintió que sonreía contra sus labios–. Solo para no tener frío.

Trinity sintió el roce de su áspero mentón contra la mejilla seguido de un beso en el lóbulo de la oreja. La cabeza le dio vueltas, y con voz ronca susurró:

–No creo que haya nada malo en un abrazo.

Oyó que Zack suspiraba a la vez que su mano le recorría la espalda antes de que sellara sus labios con un beso apasionado. El contacto de sus lenguas borró todo excepto el éxtasis de esa íntima caricia, y cuando Zack se acomodó para abrazarla, Trinity se rindió sin condiciones. De un movimiento él se colocó sobre ella, a la vez que con un gemido profundizaba el beso. Trinity le recorrió la espalda con las manos al tiempo que con su pie desnudo ascendía por la pierna de Zack y pegaba las caderas a las de él, sintiendo que se sumergía en un delicioso sueño. Él la estrechó con fuerza y le hizo sentir su erección contra el vientre.

En ese momento, un tronco cayó sobre las brasas, lanzando chispas, y Trinity salió de su aturdimiento. Volvió la cabeza hacia el fuego al tiempo que Zack alzaba la suya. Respiraba agitadamente y en su mirada había una determinación que no tenía nada de contenida. Un sordo rugido vibró en su pecho antes de que volviera a reclamar los labios de Trinity.

Ella se quedó quieta. Se había dejado llevar pero, ¿quería hacer el amor con un hombre al que se suponía que despreciaba y con un bebé durmiendo a su lado?

Percibiendo su resistencia, Zack levantó de nuevo la cabeza, apretó la mandíbula y se separó de ella. Trinity se sintió responsable de haberlo animado, si ese era el caso, pero se dijo que tendría que soportar ser rechazado por una vez en su vida.

Entonces él le pasó el brazo por los hombros y la atrajo hacia sí hasta que apoyó la cabeza en su pecho de acero. Trinity se sentía vulnerable, pero su decisión era irrevocable. Aunque se sintiera sexualmente atraída por él, no estaba allí por sexo y quería salir de aquella casa con su dignidad intacta. El arrepentimiento duraba más que el placer.

El momento de tensión pasó mientras él la sujetaba contra sí y le acariciaba el brazo.

–¿Esto entra en la definición de abrazo?

–Yo creo que sí –dijo ella.

–Quizá deberíamos intentar dormir.

–Me parce una buena idea –dijo Trinity. ¿Qué mal podía haber en acurrucarse contra un hombre en una fría noche?

Con un hondo suspiro, se acomodó contra su pecho, dejándose acunar por el latido acelerado del corazón de Zack. Estaba a punto de dormirse cuando recordó algo que le hizo abrir los ojos de par en par.

No se había acordado de llamar a Nueva York.

Capítulo Cuatro

A la mañana siguiente, Zack se despertó antes que sus invitadas. Seguía nevando sobre un manto de nieve. Las carreteras debían estar impracticables, y tendría que despejar con la pala la entrada a la casa por si querían salir.

Se volvió hacia Trinity y la observó detenidamente. Tenía las manos unidas debajo de la almohada, como si rezara. El cabello le caía sobre la brillante seda roja, sus largas pestañas proyectaban una sombra sobre sus mejillas de porcelana y sus labios entreabiertos eran una tentación irresistible.

Zack suspiró profundamente. Se le aceleró la sangre y tuvo que contener el impulso de enredar sus dedos en el cabello de Trinity, de atraerla hacia sí y besarla. El fuego se había apagado y no había vuelto la luz, así que el teléfono no funcionaría. Fue a por su móvil a la cocina para ver si tenía cobertura. Apretó un botón, pero la pantalla no se encendió.

Trinity había querido descansar cinco minutos antes de llamar a Nueva York, pero los cinco minutos se habían prolongado toda la noche.

Sabiendo que había crecido tutelada por el estado era comprensible que no hubiera querido irse hasta ver cómo se resolvía la situación de la niña. Él había sido afortunado contando con su ayuda. Estaba soltero y sin compromiso por una buena razón.

En su familia se reían de él diciendo que cambiaría de actitud cuando se presentara la mujer adecuada, pero Zack no lo tenía tan claro. Disfrutaba de su libertad demasiado. Y no tener una familia propia tenía sus ventajas. Sus hermanos eran buenos hombres de negocios, pero su familia era su prioridad. Ese no era su caso.

Cada uno cumplía un papel. El suyo era heredar de su padre el puesto de presidente de la compañía, aunque en las revistas sensacionalistas lo presentaran como un mero playboy.

Fue a ver a la niña. Tenía los bracitos fuera de la manta y las mejillas sonrosadas. Zack la encontraba angelical. Podría haber sido una muñeca de no ser porque su pecho se movía con la respiración. Trinity había mencionado que sería difícil despedirse de ella, y tenía razón.

Sintió hambre y recordó que no habían cenado. Mientras preparaba una cafetera lo más silenciosamente posible, le sonó el teléfono, de lo que dedujo que volvía a haber cobertura. Lo tomó precipitadamente y fue hacia el vestíbulo antes de contestar.

—¿Aislado por la nieve?

Zack se relajó en cuanto oyó la voz de Thomas, su hermano pequeño, el más divertido y con el que mantenía una relación más estrecha. Zack cerró la puerta.

—Estoy a punto de sacar el quitanieves —bromeó,

acercándose a la ventana para contemplar el paisaje navideño en pleno mes de abril.

–Debes estar encantado: rodeado de naturaleza, aislado de la civilización… Sinceramente, yo preferiría estar en un atasco o en un Starbucks.

–No hables de café que todavía no he tomado la dosis de la mañana.

–Seré breve. Papá quiere saber cómo fue la reunión con James Dirkins y si hay fecha para cerrar el acuerdo.

Zack dejó caer la mano.

–Necesito más tiempo.

–Seguro que prefiere que sigas llevando tú la negociación. Eres el único capaz de convertir un erizo en un peluche.

Zack era un gran negociador. La clave estaba en no mezclar los negocios con los sentimientos, en mantener la cabeza fría… Y sin embargo, al recordar la expresión abatida de Dirkins el día anterior, lo reacio que era a vender un negocio que habría sido la herencia de su difunto hijo… se le cruzó por la mente una imagen de Trinity con la niña en brazos y sintió que se le formaba un nudo en el estómago. Se encogió de hombros.

–James Dirkins siente un gran apego al hotel.

–¿Desde cuándo dejas que asuntos personales interfieran en los de la compañía?

Zack frunció el ceño. Desde nunca. Solo era un comentario.

–¿Estás bien, Zack? –preguntó Thomas tras una breve pausa–. Suenas raro.

–Estoy perfectamente –Zack abrió un centímetro la puerta. Creía haber oído llorar a la niña–. Dile a papá que los papeles estarán firmados esta semana –dijo. Y le pareció oír un suave gemido.

–¿Hay alguien contigo, Zack?

–Sí.

–¿Una mujer?

–Dos –antes de que Thomas siguiera preguntando, dijo–: Es una larga historia.

–Estoy dispuesto a dedicarte cinco minutos.

Sonriendo, Zack fue hacia el salón.

–Lo siento, pero tengo que irme.

Zack encontró a Trinity durmiendo profundamente, mientras que la niña, que se había despertado, parecía esperar a que alguien se diera cuenta. Zack se inclinó y ella siguió su movimiento con sus vivarachos ojos azules. Zack le sonrió. La niña no le devolvió la sonrisa, pero al menos no se echó a llorar. Sin saber muy bien qué hacer, Zack pensó que podía levantarla, pero en cuanto le puso la mano en la espalda y vio que estaba mojada, la retiró. Estremeciéndose se volvió hacia Trinity, que seguía dormida.

–¿Qué debo hacer contigo? –susurró a la niña.

Ella se limitó a mover los dedos. Zack se rascó la cabeza. No quería dejarla con la ropa empapada, pero no se decidía a cambiarla.

Carraspeó. El ruido sirvió para que, tras dar un suspiro, Trinity abriera lentamente los ojos y se desperezara. Al verlos, se incorporó de un salto.

–Así que no ha sido un sueño –dijo.

–No –confirmó Zack–. Somos reales. Y la niña está mojada.

Trinity fue hasta esta, que empezó a hacer pucheros.

–Pobre pequeña. Debe de tener hambre –dijo, tomándole el rostro entre las manos.

–Necesita un cambio de pañales.

–¿Quieres probar tú?

–No. Estoy dispuesto a aceptar que tengo defectos.

–Admitir defectos implica querer mejorar y aprender.

–Entonces he usado la palabra incorrecta.

Sonriendo a la vez que sacudía la cabeza, Trinity tomó a la niña en brazos.

Aunque Zack la había visto la noche anterior, hasta ese momento no se había dado cuenta de que, aunque le quedaba grande y no dejaba intuir su figura, Trinity estaba más sexy con aquel pijama rojo que cualquier otra mujer con un camisón sensual.

Apartándose para dejarle pasar, observó su rostro, en el que quedaban marcas de la almohada. Cuando sonrió a la niña, sus ojos capturaron la luz del sol, que los hizo brillar como dos amatistas. Y Zack se dijo que debía tener cuidado para que no lo hipnotizaran.

–Yo me ocuparé del biberón –dijo, yendo hacia la cocina.

–Le voy a dar un baño. ¿Quieres ayudar? –dijo Trinity. Y frotó su nariz contra la de la niña.

–Cuando prepare el biberón.

Por cómo sonreía y canturreaba a la niña, Trinity parecía haberse recuperado del cansancio del día anterior, lo que era una suerte porque Zack estaba convencido de que les quedaba al menos un día más de la misma rutina. Esperó a oír el agua antes de calentar la leche.

Al cabo de unos minutos, fue al cuarto de baño movido por la curiosidad. Trinity sacaba a la niña de la palangana y la colocaba sobre una cómoda en la que había puesto una toalla. Tenía el pijama y el cabello mojados, pero no parecía importarle, y Zack se preguntó cómo sería su vida habitual, dónde vivía y quiénes serían sus amigos.

Pero la pregunta más importante era qué pasaría aquella noche. Todavía se maravillaba del autocontrol que había mostrado a pesar de que los niveles de testosterona se le habían disparado al tenerla tan cerca, ten tentadora. Jamás había forzado a ninguna mujer a hacer nada que no quisiera porque nunca le había hecho falta. Pero había tomado una decisión, así que aquella noche, una vez la niña se durmiera, se encargaría de que a Trinity no se le pasara la palabra no por la cabeza.

Cuando estaba secando a la niña, Trinity se dio cuenta de su presencia y le dedicó una cálida sonrisa.

–Justo a tiempo. ¿Quieres ponerle polvos de talco?

–¿A la niña? –Zack sintió una punzada en el estómago.

–Yo me los sé poner sola; así que sí: a la niña –dijo Trinity con sorna.

Él le pasó el frasco.

–Ayer lo hiciste muy bien. Será mejor que repitas.

Trinity se los puso y luego la vistió con una habilidad que admiró a Zack.

–¿Estás segura de que no tienes práctica?

Trinity vaciló antes de contestar:

–Una amiga dio a luz hace un par de años y la ayudé ocasionalmente.

–¿No tuviste nunca miedo de que se te cayera al suelo o que le clavaras un imperdible?

–Basta con tener cuidado.

Cuando Trinity le quitó el puño de la boca para meterle el brazo en una manga, la niña lloriqueó levemente y Zack se preguntó cómo los padres podían soportar ver llorar a sus hijos. Quizá por eso algunos no daban la talla. Si su padre hubiera pasado más tiempo con ellos cuando eran pequeños, quizá su matrimonio no estaría en crisis. Los hermanos adoraban ir de viaje a Colorado con él una vez al año, pero su madre había necesitado que su marido le dedicara más tiempo. Desafortunadamente, su padre se había dado cuenta demasiado tarde.

Trinity terminó de cerrar todos los corchetes y tomó a la niña en brazos.

–¿Está listo el biberón?

–Voy a comprobar que sigue caliente –dijo Zack, y se fue.

Todavía estaba comprobando la temperatura cuando Trinity entró en la cocina.

–¿Cada uno a sus puestos? –preguntó ella.

–El torpedo está listo –replicó él, sosteniendo el biberón en alto.

Trinity fue a la butaca.

–Desciendo a la posición asignada.

Una vez sentada, tomó el biberón y en el silencio que siguió solo se escuchó al bebé succionando.

Zack se sentó a cierta distancia a observarlas. Cuando el biberón estaba a la mitad pensó que lo normal era que estuviera aburrido y sin embargo estaba completamente absorto en cada movimiento: los ojos del bebé entrecerrándose, sus dedos apretando el biberón como un gatito jugando.

Iba a sugerir que le sacaran el aire cuando Trinity levantó el biberón y en una fracción de segundo volvió con una toalla, rezando para que no lo escupiera todo. Después de unas palmaditas, el bebé los gratificó con un sonoro aire. Zack suspiró aliviado. ¡Buena chica!

Trinity volvió a acomodarse.

–Estamos haciéndonos unos expertos.

Zack se sintió orgulloso, pero se dijo que no era más que un espectador. Trinity y la niña formaban un equipo. Y esa sí que era una novedad en su vida. En el despacho él hablaba y los demás escuchaban. En las relaciones era él quien dictaba los términos. Por eso tenía éxito y seguía soltero. Una combinación ideal para él.

–He estado pensando… –empezó a decir Trinity. Zack desvió la mirada de los labios de Trinity y volvió al presente– ¿Te parece bien que pongamos un nombre a la niña mientras cuidemos de ella?

–¿Qué nombre has pensado?

–No lo sé. ¿Emily, Molly, Beatrice?

–Me gusta Bonnie.

–¿Bonnie?

–Sí, Bonnie Ojos Azules. Es una canción que mi padre solía cantarnos.

Trinity miró a la niña y sonrió con dulzura.

–A mí también me gusta.

Y a Zack le gustaba la manera en que Trinity se mordía el labio cuando estaba contenta, la forma en que le brillaban los ojos y el suave ronroneo con el que calmaba a la niña.

Hasta le gustaba que cuestionara su comportamiento en las relaciones y en los negocios, aunque en la realidad no supiera nada de él.

Zack se dio cuenta de que fruncía el ceño. Estaba reflexionando demasiado. Fue hasta la chimenea y seleccionó un leño para encender el fuego.

–¿Funciona tu móvil? –preguntó Trinity.

–He recibido una llamada de mi hermano Thomas antes de que os despertarais.

–¿Quería saber si habías sobrevivido a la tormenta?

–Eso, además de preguntar por la negociación que tenemos en marcha para comprar el hotel Dirkins.

Eso explicó a Trinity su presencia en el hotel.

–¿Por eso estabas allí ayer? ¿Para firmar el acuerdo?

–Todavía no hemos llegado a eso –Zack prendió una cerilla–. El dueño quiere más.

–Es comprensible.

–Excepto que el hotel no lo vale. Necesita una

enorme inversión en renovaciones, empezando por el cambio de la cañería y una marquesina.

–Puede que no os lo venda.

–Claro que sí, solo hay que darle tiempo. El problema es que está pensando con el corazón y no con la cabeza.

–¿Eso es un pecado?

–Solo si quieres triunfar en los negocios –Zack sopló sobre el fuego para avivar las primeras llamas–. James Dirkins construyó el hotel en los setenta y quería que lo heredara su hijo.

–¿Y qué ha pasado?

–Su hijo ha muerto trágicamente hace poco.

Oyó que Trinity contenía el aliento y le pareció que estrechaba a Bonnie contra el pecho.

–Pobre hombre. ¡Cómo no va a pensar con el corazón! Déjalo en paz. ¿Qué significa para ti una propiedad más?

Trinity no dejaba escapar cualquier oportunidad de censurarlo.

–Fue Dirkins quien se puso en contacto con nosotros y no al revés. Ha pasado un año desde la muerte de su hijo y quiere pasar página, mientras que yo quiero comprarle el hotel.

Trinity pareció reflexionar.

–¿Porque tienes un afecto especial a esa zona?

–En parte sí.

–¿Y eso no es pensar con el corazón?

El fuego ya había prendido y Zack se separó de la chimenea.

–Eres muy lista, pero no es lo mismo.

–Si tú lo dices…

Zack sonrió con frialdad.

–Puede que me guste la zona, pero nunca me aventuro a hacer nada que no sea económicamente viable.

Y si llegaba a pagar por el hotel más de lo que valía, lo haría tras estudiar los beneficios futuros y no basándose en sentimientos. Estos solo causaban problemas, difuminaban los límites.

Zack nunca había olvidado una ocasión en que había comprado un coche a un amigo aun sabiendo que pagaba por encima de su valor. Una semana después, el coche falló. Su amigo había añadido un líquido a la gasolina para disimular un problema de escapes de gas, que había dañado el motor. El sentimiento de haber sido traicionado fue mucho más doloroso que la pérdida económica.

Zack miró largamente a Trinity y a la niña y fue hacia su despacho. Se consideraba una persona muy sensata, y se debía comportarse como tal. Por eso el sexo le resultaba sencillo. Los lazos emocionales no estaban hechos para él.

Capítulo Cinco

Una hora más tarde, Trinity volvió al salón tras cambiar el pañal a Bonnie y vio a Zack, que desde la conversación sobre James Dirkins se había refugiado en su despacho. Estaba repasando unos papeles en la mesa, y alzando la vista brevemente con una sonrisa pasajera, se levantó y fue a aclarar su taza. Trinity siguió mirándolo preguntándose por qué había adoptado una actitud tan distante, y Zack finalmente la miró.

Sus ojos parecían más oscuros de lo habitual, un mechón de cabello negro le caía sobre la frente y, con la barbilla oscurecida por una barba incipiente, le hizo revivir el ardiente deseo que había despertado en ella la noche anterior. Quedarse dormida contra su pecho de acero le había hecho sentir vulnerable y segura a un tiempo; un sentimiento poco frecuente en ella, que tendía más a la desconfianza.

–¿Necesitas algo? –preguntó Zack.

–Estaba pensando en llamar a mi oficina para hablar con mi jefa.

Kate Illis era una jefa severa y justa. Kate había apostado por Trinity Matthews cuando podía haber elegido a otros escritores más experimentados. Su lema era: encuentra la forma de hacerlo.

Estaba segura de que Kate no iba a estar nada contenta con la noticia que iba a darle, pero al mirar a Bonnie, Trinity pensó que no se arrepentiría de la decisión que había tomado. En la vida había que tomar decisiones constantemente, y Bonnie había necesitado alguien que cuidara de ella. Si sus padres no aparecían, lo necesitaría aún más.

Zack estaba diciendo:

–... deberías avisar que tampoco llegarás mañana.

Trinity frunció el ceño.

–¿Crees que las carreteras están infranqueables?

–Eso parece.

Zack giró la silla para mirar por la ventana. La nieve seguía cayendo y cuajando. Trinity se dio cuenta de que acabarían pasando cuarenta y ocho horas juntos. Zack había insistido en que fueran a su casa y al contrario de lo que podía haber esperado de él por su imagen pública, le había sorprendido por su paciencia y amabilidad. Sin embargo, parecía que empezaba a impacientarse y que quería recuperar su propio espacio, un sentimiento que ella comprendía bien.

–Siento que tengas que aguantarme tanto tiempo.

Zack frunció el ceño antes de suspirar y esbozar una sonrisa.

–Trinity, me alegro de que estés aquí.

La contestación la animó.

–¿De verdad?

–Yo solo no habría sabido qué hacer con los pañales, ni con los aires, ni con los mimos.

Trinity se apagó. La intimidad de la noche anterior debía ser consecuencia de su hábito de conquistador, pero solo le interesaba mientras Bonnie siguiera bajo su techo.

Encogiéndose de hombros con fingida indiferencia, dijo:

–Me debes una.

Los ojos de Zack brillaron y volvió a sus labios un atisbo de la picardía de otras ocasiones.

–¿Y cómo quieres que te pague?

Trinity dejó volar su imaginación.

–¿Qué te parece con unas largas vacaciones en una paradisiaca playa de arena blanca?

–¿Con cócteles a todas horas? –dijo Zack. Se puso en pie y se acercó a ella.

–Con compañía cuando me apetezca y el murmullo de las olas cuando quiera estar sola.

–¿Y qué te parecería un masaje? –preguntó él, describiendo un círculo a su alrededor.

–Me encantan los masajes –dijo Trinity.

Desde detrás, la voz de Zack le acarició la oreja.

–¿Con ropa o sin ella?

Trinity sintió una oleada de calor que hizo que le temblaran las piernas a la vez que le asaltaba una imagen de las manos de Zack recorriendo su cuerpo bañado en aceite.

–Tenemos un hotel en las Bahamas –Zack le hizo notar el aliento en el cabello–. ¿Qué te parece si vamos un fin de semana?

Trinity rio para contrarrestar la tensión sexual que había cargado el ambiente.

–No hablaba en serio –dijo.

Zack le acarició la sien con el mentón.

–Avísame si cambias de idea.

Trinity tuvo que hacer un esfuerzo sobrehumano para no abrazarse a su cuello y reclamar su boca. Con la niña en brazos, habría sido imposible, pero ¿aquella noche? Estaba segura de que cuando Bonnie durmiera, Zack intentaría besarla, y si el beso se parecía al que ya habían compartido...

Pero la realidad la golpeó. Zack estaba aburrido, inquieto. Solo estaba entreteniéndose con a ella a falta de una mujer más atractiva. Su interés primordial en ella, era como niñera.

–Si no tienes cobertura, usa mi teléfono –dijo él, a la vez que volvía a concentrarse en sus papeles.

Trinity aceptó la oferta con una inclinación de cabeza, pero primero fue a acomodar a Bonnie, que no protestó.

–¿Te importa ocuparte de ella? Será una llamada breve.

Zack alzó la cabeza.

–¿Y si llora?

–Seguro que sabrás qué hacer.

Zack sonrió aunque con gesto preocupado. Trinity fue a su dormitorio. Dudaba de que Bonnie le diera ningún trabajo y si lloraba, Zack sabría cómo reaccionar. Además, ella necesitaba estar concentrada para hablar con Kate.

Encendió el teléfono y comprobó, aliviada, que tenía cobertura. Respiró hondo y marcó el número. Kate contestó al segundo timbre.

–¿Pasa algo, Trin?

–Tengo un problema. No puedo llegar hoy y sospecho que mañana tampoco.

–¿Estás enferma?

–Atrapada en Colorado.

–¡Ah, por la nieve! ¿Han cancelado tu vuelo?

Trinity sintió un nudo en el estómago. No podía mentir a Kate.

–Lo he perdido por una buena causa –explicó el descubrimiento del bebé en el taxi y la decisión de cuidarlo hasta que las autoridades se responsabilizaran–. Pero no deja de nevar, no hay electricidad y los servicios sociales no van a venir a por Bonnie hasta mañana.

–Espera, ¿quién es Bonnie?

–La niña.

–Creía que no la conocías.

–No la conozco. Pero tienes unos increíbles ojos azules y hemos decidido que el nombre le iba bien.

–¿Quiénes? ¿Estás con alguien en el hotel? Me estoy haciendo un lío.

–En realidad estoy en una casa privada, en las afueras de la ciudad.

–No conoces a nadie en Colorado.

–Zack estaba en el taxi cuando encontramos a la niña.

–¿Así que estás en el campo con un hombre al que conociste ayer? Espero que sea un caballero.

Trinity se mordió el labio inferior.

–En general, sí.

–Ahora sí que me estás preocupando.

—No hay motivo. Estoy aquí por mi propia voluntad.

—Ya veo –tras una pausa, Kate preguntó–: ¿Por casualidad se trata de un hombre atractivo?

—Eso no tiene…

—¿Sí o no?

Trinity suspiró.

—Muy atractivo.

—¿Quién es?

—Es Zack Harrison, de Harrison Hotels.

Se produjo un silencio seguido de un prolongado silbido.

—El soltero más cotizado de Nueva York. Guapo, rico, con carisma…

—Y con la reputación de ser un playboy y capaz de vender a su abuela para sellar un trato –Trinity no necesitaba que Kate la informara.

—Un diablo disfrazado –confirmó su jefa–. Con una fila de mujeres esperando a que les pinche con su tridente. Menos mal que tú no eres tan tonta.

Trinity sintió una opresión en el pecho. Kate no tenía por qué saber que ya había caído en la tentación. Con voz tranquila, dijo:

—Su reputación no tiene nada que ver con lo que está pasando.

—Claro que no. Debe ser difícil estar en la habitación de un hombre sin escrúpulos, capaz de cerrar un centro comunitario para elevar un rascacielos de lujo. ¿Ha dicho algo del negocio de Colorado?

¿Se referiría al hotel que Zack quería comprar, el del hombre cuyo hijo había muerto? Trinity se abrazó a sí misma para combatir un escalofrío. Sabía por dónde iba su jefa.

–Kate, no podría imprimir nada que haya oído fuera de una entrevista.

–Sabes que admiro tu ética. Pero me encantaría saber cómo vive alguien que no tiene la menor conciencia. Hacer una oferta ridícula es una cosa, pero acusar a un pobre hombre de haber causado la muerte de su hijo para derrotarlo y bajar el precio, es despreciable.

Trinity se quedó sin aliento. No había oído nada de todo aquello y le costaba creerlo. Pero quizá estaba siendo una ingenua. Después de todo, Zack era conocido por ser implacable con sus adversarios, y que se hubiera mostrado compasivo al acoger a la niña no cambiaba nada de eso.

Kate dijo que se ocuparía de cambiar la agenda de sus entrevistas y Trinity quedó en llamar al día siguiente. Cuando colgó necesitó unos minutos para poner en orden sus pensamientos.

«Un diablo disfrazado».

Trinity sintió que le picaban los ojos al recordar lo segura que se había sentido la noche anterior en sus brazos.

Mientras Trinity hablaba por teléfono, y la niña descansaba apaciblemente, Zack dio por terminado el trabajo y, reclinándose en el respaldo de la silla, recorrió la habitación con la mirada. El ruido de arañazos que creía oír era cada vez más nítido.

Se puso en pie. ¿De dónde procedía?

A la vez que aguzaba el oído y la vista sintió que lo invadía la inquietud. El día anterior se había reído de Trinity cuando mencionó un secuestro. Pero en aquel instante se preguntó por primera vez cuál sería la procedencia de la niña. ¿Había sido abandonada? ¿Robada? ¿Se habrían asustado a última hora los secuestradores?

Fue hasta el ventanal y acercó la cara para escudriñar el exterior, todo parecía en calma. Sin embargo, los arañazos no cesaban. Estaba a punto de ponerse una chaqueta para salir, cuando de entre los remolinos de nieve surgió una figura de frente a él. El corazón de Zack se aceleró a la vez que el cerebro registraba dos filas de dientes, unos ojos amarillos, un hocico puntiagudo.

¿Un lobo?

Una fracción de segundo más tarde el animal se sacudió y Zack reconoció a un perro gigante, con una cola larga con la que barría la nieve.

Era el perro de los Dale. Al no estar sus dueños debía haber salido de su caseta y perderse en la tormenta. Estaba claro que quería jugar.

Aunque hacía un tiempo espantoso, Zack pensó en las consecuencias de dejar entrar a semejante perro, calado de nieve, al interior. Tenía una cola tan fuerte que si golpeaba con ella a Trinity la lanzaría por el aire. Y no quería ni pensar lo que le haría a la niña. Otra posibilidad era llevarlo al garaje.

–¿Quién es ese?

Zack miró hacia Trinity y le pareció que fruncía

el ceño, pero volvió la mirada a Fido al instante. ¿O no se llamaba a sí?

–Es de los Dale.

–Parece simpático.

–Y enorme.

–Debe estar helado. No podemos dejarlo fuera. Seguro que tiene hambre.

–Pero es que es gigantesco.

El perro hizo unas cabriolas y lamió el cristal sin dejar de sacudir la cola.

–¿Vas a abrirle o le abro yo? –dijo Trinity, tomando a la niña en brazos.

Zack miró a Trinity y a Bonnie alternativamente. Esta miraba por la ventana gorjeando con el puño en la boca y riendo, como si lo que más deseara en el mundo fuera conocer a ese visitante.

Levantando las manos en señal de rendición, Zack salió, mascullando:

–Voy a abrirle por el lado de la cocina.

Para cuando abrió la puerta, el perro lo esperaba sentado, con la pata en alto, como si fuera a estrecharle la mano.

–Vamos, está entrando frío.

El perro pareció sonreír y se sacudió, salpicando copos de nieve que Zack intentó evitar. Pasó de largo y Zack vio desaparecer su rabo por la puerta. Luego cerró y fue al salón.

El perro estaba sentado a los pies de Trinity, erguido y con las orejas alzadas, mientras ella le susurraba monerías como si fuera una niña de seis años.

Al acercarse, Zack se fijó en que tenía unos ojos

amables y que parecía cariñoso. Además recordó que la señora Dale le había dicho que era muy leal y protector con los niños.

Trinity se agachó para acariciarle la cabeza.

–¡Es precioso!

–Está mojado.

–Si sujetas a la niña iré por unas toallas para secarlo.

Zack prefirió ir él.

–Es bueno ayudar a alguien que lo necesita –dijo ella, elevando la voz.

Zack sacó una toalla de un armario pensando que Trinity había hecho aquel comentario con retintín.

–¡Es un perro! –dijo, elevando la voz para que lo oyera.

–A cualquiera: perros, amigos, socios.

Zack se quedó paralizado. ¿De qué demonios estaba hablando? Se volvió bruscamente y estuvo a punto de tropezar con el perro, que se había pegado a él como si fuera su mejor amigo y no paraba de mover la cola. Zack volvió junto a Trinity con el perro pegado a los talones.

La miró fijamente mientras acunaba a Bonnie. Parecía contenta, pero observó que apretaba la mandíbula y le pareció que evitaba mirarle a los ojos. Quizá la conversación con su jefa había ido mal.

–¿Has conseguido hablar con Nueva York? –preguntó.

–Sí.

–¿Has tenido problemas con tu jefa?

–En absoluto. Ha sido muy comprensiva. ¿Por qué lo preguntas?

Zack siguió secando al perro. Tenía la incómoda impresión de que Trinity quería decirle algo que no le gustaría oír.

El perro se echó sobre la espalda y levantó las patas.

–No te pongas demasiado cómodo –dijo Zack, sonriendo. Se agachó y le acarició el tripa–. ¿Has tenido alguna vez un perro?

–No. ¿Y tú?

–Sí.

–¿Lo entrenasteis? ¿Paseabas con él?

–No, estaba demasiado ocupado haciendo deporte o estudiando.

–Siempre has sido muy competitivo.

–Más que competitivo, siempre he estado motivado.

–¿Algunas vez te has planteado dejarlo todo y relajarte en lugar de extender tus límites?

Zack volvió a identificar un tono peculiar y en sus ojos creyó ver que estaba enfadada o decepcionada. Pero ¿con él?

–¿Te refieres ocupar un papel menos activo en la compañía de mi padre? –preguntó, concentrándose en secar al perro–. Alguien tiene que tomar las riendas en algún momento.

–Y supongo que ese eres tú: don Implacable.

Zack apretó los dientes.

–No me gustan las etiquetas.

–Ya. ¿Y qué piensan tus hermanos de que te quedes con la corona?

–A Sienna le da lo mismo. Viaja por el mundo con una mochila.

–¿No va a hoteles de cinco estrellas?

–Es una rebelde. Quiere vivir a su manera.

Trinity ladeó la cabeza y sonrió.

–Creo que me cae bien.

–Le cae bien a todo el mundo. Mis hermanos tienen familia.

–Y supongo que perros.

Zack había tenido suficiente. Dejó la toalla y se puso en pie.

–¿Me he perdido algo? Estás molesta y no sé por qué.

Trinity se encogió de hombros.

–No me pasa nada.

Zack no se dio por vencido.

–¿Qué ha pasado cuando has hablado con Nueva York?

–Ya te lo he…

–No todo.

–Le he dicho a Kate lo que había pasado. Hemos hablado del tiempo, de ti…

–¿De mí? ¿Qué habéis hablado?

–De tu reputación.

–De eso ya hemos hablado nosotros. ¿De qué más?

Trinity resopló.

–He quedado en llamarla más tarde.

–¿O perdías el trabajo?

–Algo así.

Zack pensó que ocultaba algo. Dio un paso hacia ella, pero el perro se interpuso entre ellos y al mirarlo, Zack vio que lo observaba con gesto amenazador. La señora Dale tenía razón al decir que protegía a los niños. Lo llevó cerca del fuego para seguir secándolo. Cuando una mujer lo irritaba, solía decirle adiós, pero no era tan sencillo si se estaba atrapado con ella en una casa sitiada por la nieve.

Además, le gustara o no, Trinity le afectaba más profundamente que ninguna mujer lo había hecho antes. Y estaba convencido de que él a ella, también.

Capítulo Seis

La electricidad volvió cerca del mediodía y cinco minutos más tarde Zack recibió un mensaje en el móvil.

–Es de Cressida Cassidy, de servicios sociales –dijo tras leerlo–. Las carreteras siguen bloqueadas y no van a poder venir antes de mañana. Siguen sin saber nada de la familia de Bonnie. La prensa no ha dado la noticia.

Trinity besó la cabeza de la niña preguntándose de dónde procedía y por qué nadie parecía interesarse en buscarla. Al menos ella había tenido siempre el consuelo de saber que su madre había hecho todo lo posible por encontrarla.

Por el momento, la niña estaba a salvo. Y si el precio era pasar tiempo junto a un hombre sin escrúpulos, lo pagaría. No pensaba mencionar lo que Kate le había contado de sus negociaciones con James Dirkins. En parte porque no quería elevar la voz y asustar a la niña, y en parte porque quería dar a Zack el beneficio de la duda, aunque la idea de que usara la muerte de su hijo para presionar a Dirkins le resultaba repugnante.

Zack fruncía el ceño.

–Dile que la niña está bien –masculló.

Zack asintió con la cabeza a la vez que contestaba el mensaje mientras Trinity se recordaba que no se había quejado en ningún momento ni de su presencia ni de la niña. Ni siquiera de Cruiser, una vez se instaló y Zack descubrió una chapa metálica con su nombre en el collar. Pero lo había visto consultar la hora a menudo, o mirar por la ventana como si ansiara que la nieve se derritiera. Estaba inquieto y era evidente que permanecer en un espacio cerrado le resultaba incómodo.

Por su parte, Trinity se sentía cómoda, al menos con la niña. En cambio, cada vez que Zack estaba cerca, tenía la sensación de que se le disparaban las endorfinas hasta llegar a marearla. Por la mañana se había preguntado si a él le pasaba algo similar, pero pronto había decidido que el beso de la noche anterior, al igual que la broma sobre las Bahamas, no había sido para él más que una excusa para liberar un poco de tensión sexual y probar su suerte.

Quedaba una noche por delante y no estaba segura de ser capaz de resistirse si Zack utilizaba sus tácticas de seducción. No podía evitar preguntarse si le gustaba el sexo rápido y frenético o si prefería deleitarse en cada caricia, saborear cada instante; o qué sentiría si sus caderas entrechocaran mientras sus labios, su lengua y sus dientes se clavaban en ella, elevándola al éxtasis entre sus brazos.

–Parece a punto de quedarse dormida –dijo Zack, sacando a Trinity de su ensimismamiento. Se había acercado y le acariciaba la mejilla a Bonnie–. ¿Por qué no la acuestas?

–Le gusta que la acunen –dijo Trinity, concentrándose en el presente–. ¿Quieres sujetarla tú?

Zack miró a la niña, pero eventualmente dijo:

–Tú eres la experta.

–No lo soy cuando se trata de agotar a alguien.

Zack la miró de soslayó.

–¿Podrías explicar ese comentario?

–No –Trinity suspiró–. Pero si vamos a pasar otra noche juntos, voy a dormir en un dormitorio y tú en otro.

Zack fijó sus ojos en los labios de Trinity y sonrió.

–Creía que te gustaba acampar.

Trinity fue hacia la butaca convertida en cuna de la niña.

–Lo que pasó anoche no va a repetirse.

–¿No?

–No –confirmó Trinity, de espaldas a Zack.

–¿Y si te gano por agotamiento?

La voz ronca y el tono insinuante de Zack le provocaron un escalofrío a Trinity. Dominándose, se volvió para enfrentarse a él pero no calculó que se hubiera acercado tanto como para prácticamente chocar contra su pecho. Con sus ojos negros clavados en ella como si quisiera leerle la mente, Trinity tuvo que poner orden en sus pensamientos.

–Recuerda que soy el enemigo. ¿No tienes miedo de que airee tus secretos?

El rostro de Zack se ensombreció.

–Están a tu disposición –dijo fríamente, antes de alejarse.

Trinity sintió que la adrenalina la dejaba exhausta. Debía rezar para que las autoridades encontraran una solución para Bonnie lo antes posible.

Zack fue a alimentar el fuego mientras ella seguía acunando a la niña. Al cabo de unos minutos, convencida de que se había quedado dormida, fue a echarla, pero en cuanto la dejó, Bonnie abrió los ojos. Al ver que iba a llorar, Trinity recordó uno de los dichos de su madre de adopción: «Es bueno que lloren». Y los dejaba llorar durante horas.

Cuando Trinity había ayudado a cuidar al bebé, solía contarle cuentos y cantarle. Pero Nora Earnshaw era muy estricta con la hora de acostarse y le prohibía salir de su cuarto pasadas las siete. Cuando le oía llorar, pensaba que quería que le cantara y a menudo se planteaba correr el riesgo e ir a consolarlo, pero nunca se atrevió. Permanecía en la cama, llorando, con un nudo en el estómago y la mirada clavada en la oscuridad.

Incluso después de tantos años, aquellos recuerdos le resultaban tan dolorosos que habría querido taparse los oídos como si con ello pudiera dejar de oír el llanto del bebé.

Tomó a Bonnie de nuevo en brazos y vio que Zack la veía, pero en lugar de hacer un comentario, se limitó a dejar el atizador y a volver a su ordenador mientras ella acunaba a la niña en otro rincón de la sala.

Veinte minutos más tarde la niña pareció estar profundamente dormida y a Trinity le dolía la espalda. Pensando que una luz más tenue contribuiría a no despertarla, le pidió a Zack que bajara las persianas.

Para no pasar el día en pijama, Zack le había dado un jersey de cachemira azul celeste que a ella le quedaba como un vestido, y él se había puesto otro gris oscuro, a juego con sus ojos, así como unos vaqueros gastados que se ajustaban a sus atléticas piernas. En aquel momento, incorporándose y cuadrando los hombros como si entrara en acción, parecía un modelo.

—Esas ventanas no tienen persianas. ¿No te sientes demasiado expuesto?

—Estamos en medio del campo. Solo un oso se asomaría a mirar.

—Voy a probar a echarla en mi dormitorio, a ver si la oscuridad le ayuda a dormir.

También sería más silencioso y no tendría que andar de puntillas para no despertarla.

—¿Puedes buscarme unas cuantas almohadas?

—Enseguida —Zack se adelantó.

Cuando Trinity entró en el dormitorio, él sacaba unas almohadas de un vestidor y, sin que ella tuviera que pedírselo, formó un confortable rectángulo en la cama, que rodeó de un edredón para evitar que se moviera. Trinity posó a la niña, asegurándose de que estaba seca.

Esperaron unos minutos y la niña no se movió. Trinity no supo si reír de alivio o colapsar de agotamiento. Pero en cuanto Zack se aproximó, sus sentidos se aceleraron en otra dirección.

Al salir, Zack hizo ademán de cerrar la puerta,

pero Trinity posó la mano en su brazo para detenerlo. Notar sus músculos de acero la turbó, y retiró la mano como si se hubiera quemado.

–Deja una ranura abierta para que la oigamos.

Él esbozó una encantadora sonrisa e, inclinándose hacia ella hasta casi rozarle la oreja, dijo:

–Seguro que vienes a mirar cada dos minutos.

–Puede que tengas razón –dijo ella, tratando de ignorar la forma en que se le aceleraba el pulso.

–Me parece que tenemos un guardián que nos avisará si pasa algo –dijo Zack, mirando hacia abajo.

Cruiser se había echado delante de la puerta, con la cabeza apoyada sobre las patas delanteras.

–Quiere hacer el primer turno de vigilancia.

–Se ve que tiene experiencia –dijo Zack–. Quizá deberíamos avisarle de que es solo un trabajo temporal.

Trinity disimuló el estremecimiento que le causaba oír lo que ya sabía. Cada uno de ellos volvería con sus seres queridos en unas horas, y quizá no volvieran a coincidir jamás. Igual que ella no había vuelto a saber de aquel bebé.

Trinity se sentó en una butaca y cerró los ojos, relajándose.

Debía estar a punto de quedarse dormida cuando sintió un cosquilleo. Abrió los ojos de par en par y vio que Zack la observaba mientras la cubría con el edredón.

–Se te había caído –dijo, arropándola–. Creía que estabas dormida.

Trinity bostezó y alargó un brazo.

—Lo estoy intentando.

Cuando él la dejó, tuvo la tentación de pedirle que volviera. Se desperezó y dijo:

—Es muy extraño, pero después de estar tanto rato con Bonnie, es como si me faltara algo.

—Es lo que les pasa a las madres.

Trinity sonrió.

—¿Cómo lo sabes?

—Mi cuñado dijo algo así la primera vez que su hija mayor pasó la noche fuera. Dijo que era como si le hubieran amputando un brazo.

Zack miró hacia la puerta del dormitorio.

—Cruiser sigue de guardia.

Trinity se ladeó y comprobó que Cruiser seguía en la misma posición que lo habían dejado. Zack se sentó en una butaca a su lado y observaron las llamas en silencio. Trinity hizo un esfuerzo para olvidar todo lo negativo y centrarse en aquel apacible y perfecto instante.

Quizá por eso la pregunta que hizo Zack la tomó completamente de sorpresa.

—Trinity, ¿qué les pasó a tus padres?

Trinity sintió que la recorría un frío helador. Nunca hablaba del pasado, pero sintió cierta necesidad de hablar de ello.

—Aunque no fui fruto del amor, me gusta creer que mi madre me quería —dijo finalmente—. Mi madre de acogida me dijo cuando era demasiado pequeña que mi madre había sido violada.

—Espero que esa mujer haya dejado de cuidar a niños.

–He seguido en contacto con un par de mis compañeros de piso y me han dicho que se retiró hace tiempo.

–¿Tenías más familia?

–Por lo visto mis abuelos la obligaron a renunciar a mí. Ella intentó conservarme, pero una noche, desaparecí. Nunca he sabido cómo lo hicieron legalmente y sospecho que tuvieron que falsificar su firma, pero se ve que creyeron que lo superaría, que mi madre continuaría con su vida. Pero no fue así. Abandonó su casa para ir en mi busca.

Trinity siempre sonreía cuando llegaba a aquella parte de la historia, aunque solo fuera brevemente.

–Sin dinero ni ayuda –siguió contando–, terminó viviendo en la calle. Lo supe porque hace un par de años contraté a un investigador secreto. También me contó que murió un día antes de cumplir veinte años.

Zack apretaba la mandíbula y sus ojos brillaban tanto que Trinity podía verse reflejada en ellos.

–¿Y tus abuelos?

–Murieron. Según el detective, nunca intentaron encontrarme, Mi madre era hija única, así que no tengo ningún pariente.

Zack bajó la mirada sacudiendo la cabeza y dijo:

–Lo siento. Ahora comprendo que no quisieras tener un hijo por tu cuenta.

Trinity pensó que por primera vez, aquel mismo día, había pensado lo contrario. Cuidar a Bonnie era tan gratificante que por primera vez comprendía que la gente tuviera hijos, aun viviendo tiempos tan inestables.

Y también comprendió por qué la gente se arriesgaba a enamorarse.

Trinity llevaba una hora dormida cuando Cruiser fue hasta Zack, que estaba de pie, contemplando el paisaje, y le golpeó la pierna con el hocico a la vez que gruñía suavemente. Zack dedujo que Bonnie se había despertado.

Estuvo tentado de animar al perro a que llamara a Trinity, pero esta necesitaba descansar. La historia que le había contado le había abierto los ojos, confirmándole que había tenido una infancia fantástica aunque su padre hubiera estado ausente muy a menudo.

Cruiser lo empujó de nuevo y Zack, dando un suspiro, decidió que tenía que ser capaz de cumplir con la tarea que le tocaba. Pasó al lado de Trinity, que respiraba pausada y rítmicamente. Los dedos le cosquillearon con el impulso de acariciarle el cabello, pero no quería despertarla. Aquel turno le tocaba a él.

Cruiser abrió la puerta del dormitorio de la niña con el hocico y Zack entró. Bonnie estaba despierta y se miraba las manitas. Miró a su alrededor y al ver a Zack empezó a dar patadas a modo de bienvenida.

Él recordó lo mojada que estaba por la mañana, pero se dijo que en aquella ocasión no se echaría atrás y cumpliría con su misión. Se agachó para levantarla y, sujetándola con firmeza, puso una mano en el pañal y comprobó, aliviado, que estaba seca.

La acomodó en un brazo y esperó lo inevitable: que se echara a llorar. Pero ella se limitó a hacer burbujas con la saliva y a mover los dedos de los pies dentro del mono. Zack sintió la emoción atenazarle la garganta. Era verdaderamente encantadora.

Cruiser volvió a darle un golpe y Zack masculló:

–Deja de empujarme, ¿No ves que ya he venido?

Salió al salón preguntándose qué hacer. Suponía que era demasiado pronto para su siguiente biberón, y aunque solía jugar con sus sobrinos, nunca le había tocado entretener a un bebé de tres meses. Así que tendría que pensar en algo.

Al despertar, Trinity asumió que, como Cruiser no la había llamado, Bonnie seguía durmiendo. Se desperezó y bostezó, antes de quedarse paralizar al oír la voz de Zack cerca, seguida de un gritito de entusiasmo.

Trinity se arrodilló en la butaca y miró por encima del respaldo. Debía estar soñando.

Zack estaba echado sobre una manta, incorporado sobre los antebrazos, con Bonnie apoyada en una pila de almohadas, enfrente. Él sacudía algo que emitía un ruido, cuya vista y sonido hacía que Bonnie se desternillara. Zack sonreía con una calidez que tocó el corazón de Trinity y que le llenó los ojos de lágrimas. De no haber tenido una opinión tan negativa de él, habría llegado a gustarle.

Zack miró hacia ella y le dedicó una sonrisa radiante a la vez que un mechón de su brillante cabello negro le caía sobre la frente.

–Mira quién se ha despertado.

–¿Qué hacéis? –Trinity se levantó pensando que debía tener sonrisa de tonta–. ¿Cuánto tiempo lleva despierta?

Zack sacudió el sonajero.

–Llevamos jugando un cuarto de hora.

–¿Está mojada?

–Al principio no, pero luego me ha hecho trabajar.

–¿La has cambiado? –preguntó Trinity con una mezcla de sorpresa y sarcasmo.

–Sí. Y le he dado un biberón cuando ha empezado a protestar.

–Así que he perdido mi puesto de trabajo.

–De eso nada –dijo él apresuradamente.

Sin embargo parecía cómodo con la situación, y la niña alzaba los brazos hacia él como si llevara haciéndolo toda la vida. Quería el juguete que Zack sostenía en la mano. Trinity se sentó en la manta y vio que había un montón de juguetes del mismo estilo, coloridos y artesanales, junto a Zack.

–Mis sobrinos se pasan los juguetes. Tenemos una colección de muñecas con cabezas flácidas –dejó el sonajero y tomó un calcetín relleno–. Además de un montón de animales. Los profesores los tienen muy entretenidos en el colegio.

Trinity vio un pato, una jirafa y un caballo con tres patas y tres botones morados por ojos. No supo identificar qué era una circunferencia marrón con unas extrañas marcas.

–¿Qué es eso?

–Tono la tortuga –dijo Zack, mostrándosela.

La niña alargó las manos hacia la figura y Trinity se las sujetó.

–No tiene nada afilado –dijo Zack.

–Pero se la va a meter a la boca.

Zack fue a lavarla, volvió y se la dio a Bonnie.

–Seguro que a Nicki no le importa –comentó.

–¿Quién es Nicki?

–Una de mis sobrinas. Fue su último regalo de cumpleaños.

–¿Y eso? –Trinity indicó una cara con una melena amarilla.

–El león Loger. Lo hizo Ava, de cuatro años, en Navidad.

–¿Loger?

–Ava tiene problemas para pronunciar la erre.

Trinity, cada vez más conmovida, aceptó a Loger cuando Zack se lo ofreció.

–¿Por qué los tienes aquí?

–Hay más en mi apartamento y en el despacho. Tengo ocho sobrinos en total, así que tengo una colección enorme de trabajos manuales.

Los ojos de Zack brillaban con orgullo y afecto. Esa era una faceta que no había mostrado nunca, y mucho menos a la prensa.

Él eligió otro juguete.

–Estaba a punto de montar un duelo entre Necky la jirafa y el león Loger.

–¿No podrían bailar en lugar de pelearse?

Zack frunció el ceño.

–Son dos chicos. Y los chicos solo bailan con mujeres hermosas –dijo, esbozando una sonrisa insinuante.

Trinity tuvo que contenerse para no acercarse y darle un beso. Para evitarlo, sujetó al león delante de sí y dijo:

–Claro que pueden bailar juntos. Sobre todo si el león está dando clases de baile y quiere enseñarle a su amigo cuánto ha aprendido.

–Esa es una buena idea –dijo él con una resplandeciente sonrisa. Acomódate.

Trinity vaciló, pero finalmente se echó a su lado, de frente a Bonnie, que chupaba a la tortuga con fruición. Cuando le acercó el león, la niña la miró expectante, como si esperara que empezara la función.

Zack hizo cabalgar a la jirafa hacia él.

–Querido señor león –empezó, pero Trinity lo interrumpió.

–Es mejor que sea señorita leona.

–Mi querida señorita leona –empezó de nuevo Zack–. ¡Qué melena más esplendorosa luce hoy!

–Me la he lavado y secado con mucho cuidado.

Trinity miró a Zack y descubrió que tenía la mirada clavada en ella con un gesto divertido.

–¿Quiere bailar conmigo? –preguntó él.

Trinity sintió el corazón palpitarle en la garganta.

–Me temo que no hay música.

–Yo cantaré.

Bonnie reía divertida, pero Trinity percibió un cambio en el tono de voz de Zack que la hizo estremecer y arder a un tiempo.

–No creo que sea una buena idea.

–¿Sabes lo que me gustaría cantar? –preguntó Zack. Y Trinity, que no lo miraba, sintió su aliento en el rostro y supo que clavaba la mirada en sus labios–. De lo que me gustó tenerte en mis brazos anoche.

Cuando lo miró y vio la expresión de deseo con la que él la observaba, estuvo a punto de decirle que ella también lo había disfrutado.

Zack le rozó la sien con los labios, debilitándola una fracción más.

–Baila conmigo, Trin –susurró–. Baila conmigo esta noche.

Antes de sucumbir a sus caricias, Trinity encontró la fuerza para ponerse torpemente en pie.

–Voy a preparar un biberón para Bonnie.

–Ya le he dado uno, Trin –dijo él, mirándola fijamente.

–Pues voy a hacer café.

–Yo no quiero café. Te quiero a ti.

A la vez que él alargaba la mano hacia ella, Trinity se fue precipitadamente a la cocina, sintiendo los ojos de Zack clavados en su espalda. ¿La seguiría? ¿Le pasaría sus cálidas manos por la espalda, por el trasero? Lo deseaba tanto… Pero ni podía ni debía hacerlo.

Cuando oyó que Zack volvía a hablar con la niña mientras ella hacía el café, respiró aliviada; pero el anhelo no se le pasó. Cerró los ojos e imaginó que la besaba; casi podía sentir su cuerpo contra el ella, sus labios recorriéndole la piel. Aunque tratar de evitarlo, eso era lo que deseaba desesperadamente. De hecho, empezaba a desear todo aquello, el paquete completo, demasiado.

Capítulo Siete

—Cruiser, sal de ahí —ordenó Zack.

—Ha debido encontrar algo —dijo Trinity.

Cruiser ladró. Bonnie, que estaba en brazos de Trinity, gritaba y reía, intentando dar palmas.

Después de la escena con los muñecos, el ambiente se había enrarecido, así que cuando finalmente el sol había asomado entre las nubes, Zack había propuesto salir a tomar aire fresco. Tras dejarle a Trinity unas botas y un abrigo que le quedaban enormes, envolver a Bonnie en una manta y ponerse él una cazadora, habían salido al jardín.

Zack no conseguía dominar sus instintos y racionalizar lo que le pasaba con Trinity, pero sabía que la resistencia que esta ponía a una atracción que era obviamente mutua, reforzaba su determinación por conseguirla. Y aunque podía deberse al aislamiento y a la ausencia de otros estímulos, lo cierto era que cada vez que se le acercaba, cada célula de su cuerpo parecía revivir y clamar por ella.

Al día siguiente los servicios sociales se llevarían a Bonnie y el juego habría acabado. Pero estaba decidido a hacerla suya y a oírle susurrar su nombre mientras le hacía el amor. Aunque para ello tuviera que esperar hasta la noche.

Hizo una bola de nieve y se la tiro a Cruiser. El perro la esquivó, se agazapó y se lanzó hacia ellos. Trinity y Bonnie rieron a carcajadas. Zack le lanzó otra bola hacia las piernas y Cruiser hizo la misma maniobra, salpicando nieve a su alrededor. Luego fue hacia Zack y le agarró el borde del abrigo entre los dientes, tirando de él.

–¡Suéltame! –gritó Zack, tirando hacia el lado opuesto entre las risas de Trinity y Bonnie.

Cuando consiguió soltarse, hizo ademán de atacar a Cruiser, que lo esquivó en el último segundo. Y Zack cayó al suelo de bruces.

–¡A por él! –dijo Trinity.

Y empezó a echarle nieve con el pie mientras Bonnie movía los brazos frenéticamente sin dejar de reír y Cruiser saltaba sobre él.

Zack se resbaló varias veces antes de ponerse en pie. Estaba sin aliento por el ejercicio y la risa, pero no se dio por vencido. Guiñando los ojos en actitud amenazadora, avanzó hacia Trinity, que retrocedió hacia la casa.

–Se acabó el juego –dijo.

–Todavía no –dijo Zack.

–¡Tengo a la niña en brazos!

–Eso no te salvará –Cruiser ladró y Zack le lanzó una mirada, diciendo–: No te preocupes. Luego te toca a ti.

Dando un paso adelante, tomó a Bonnie de los brazos de Trinity y la dejó con cuidado en su sillita, que habían dejado en el porche, antes de volverse de nuevo hacia Trinity. Cuando la alcanzó, los dos cayeron al suelo mientras Cruiser no paraba de hacer cabriolas y sus risas reverberaban entre los árboles. Luego el perro se acercó a Bonnie y a Zack se le borró la visión, excepto por dos ojos violetas que lo miraban expectantes. Tenía a Trinity atrapada, sus labios tentadores a unos centímetros, entreabiertos. No tenía escapatoria y él iba a besarla.

Con la mano enguantada, la sujetó por la nuca e inclinó la cabeza sobre la de ella. Sin pensárselo, apretó sus labios a los de ella, que no ofrecieron resistencia. Sus lenguas se entrelazaron y una llamarada estalló en su interior. Zack la estrechó contra sí. Quería que supiera que había encontrado la combinación de su candado, y que una vez abierto, iba a hacer lo que fuera para romper su resistencia.

A no ser que un bebé de tres meses se estuviera preguntando por qué ya no se divertían todos juntos.

A regañadientes, Zack se obligó a pensar racionalmente y concluyó el beso, pero miró a Trinity fijamente para no dejarle dudas sobre el deseo que le despertaba.

—Hemos pasado una buena tarde —le susurró contra los labios, sintiendo que la sangre le corría desbocada.

Fue a besarla de nuevo, pero Trinity apartó la cara.

—Tenemos que entrar. Hay que bañar a Bonnie.

—Ya la hemos bañado.

—Está oscureciendo.

Zack volvió a acariciar con sus labios los de Trinity.

–Lo se.

–La niña…

–La niña va a dormir en el dormitorio esta noche mientras los adultos hacen el amor –dijo Zack, acariciándole la mejilla.

Trinity contuvo el aliento antes de decir:

–No creo que sea una buena idea.

–Yo creo que es fantástica.

–Ni siquiera me caes bien.

–No me conoces.

–Más motivo para…

–Decir que sí.

Una hora más tarde Trinity salía del dormitorio.

–Ya se ha quedado dormida.

–Qué bien. ¿Cruiser está haciendo guardia? –preguntó Zack.

–Por supuesto.

–¿Tienes hambre? He preparado un plato especial, tortilla a la Zack, con champiñones y queso.

–Suena delicioso.

Trinity le acercó los platos y Zack sirvió media tortilla para cada uno. Ella sentía un hormigueo en los dedos, y la preocupación de saber cómo se desarrollaría la velada después de la amenaza de Zack de terminar lo que había empezado.

Tras poner una ensalada en la mesa, Zack sirvió dos generosas copas de vino y se sentaron. Mientras él comenzaba a comer con entusiasmo, Trinity se quedó dubitativa.

Zack lo observó y dijo:

–¿No te gusta?

–Estoy segura de que está buenísima, pero es que antes quiero aclarar las cosas.

–¿Sobre qué?

–Sobre el beso de esta tarde.

–Yo creo que la comunicación ha estado muy clara –Zack señaló el plato de Trinity con su tenedor–. Se te está enfriando la cena.

–Pero es que…

–Y necesitas reponer fuerzas para cuidar a Bonnie. Te prometo que luego hablamos.

Trinity se mordió el labio, inquieta con el brillo que apreciaba en los ojos de Zack, y que indicaba que su idea de seguir hablando era callarla con otro de sus besos, contra los que no era capaz de ofrecer resistencia.

Al cabo de unos minutos, cuando ya había comido más de la mitad, dijo:

–Está buenísima.

–Casi no cocino porque no tengo tiempo. Suelo comprar comida preparada o ir a un asador que hay al lado de casa.

–Me extraña que no tengas una cola de mujeres ofreciéndose a cocinar para ti.

–Recuerda que los domesticados son mis hermanos –dijo Zack, alzando la copa hacia ella y dirigiéndole una mirada penetrante antes de beber.

–Sin embargo, cualquiera que te hubiera visto esta tarde con Bonnie habría pensado que eres un hombre de familia.

Zack frunció el ceño antes de terminar el vino y dejar la copa con un murmullo de satisfacción.

–Esta cosecha es excepcional.

Trinity estaba de acuerdo, pero estaba decidida a no beber más de una copa. Zack le había dejado claro que quería hacer el amor con ella y, al mirarlo en aquel momento, supo que, de ser una mujer más frágil, abría dejado la servilleta sobre la mesa y habría sugerido que pasaran a la acción.

Pero por más que hubiera disfrutado durante el día teniendo la oportunidad de descubrir distintas facetas de Zack, no olvidaba que existían muchos rincones oscuros en su personalidad. Ya antes sabía de él que le gustaban las mujeres y que, como hombre de negocios, era implacable. Pero recordar lo que Kate le había dicho aquella mañana sobre Dirkins lo convertía en un ser despreciable.

Zack lo atraía más que cualquier otro hombre que hubiera conocido, pero no estaba dispuesta a poner su deseo físico por encima de su conciencia.

Zack recibió un aviso de mensaje en el móvil, se levantó y, tras leerlo, volvió a sentarse.

–Dirkins quiere verme mañana –dijo tras dar un largo trago al vino.

Trinity se irguió.

–¿Crees que va a aceptar tu oferta?

¿Habría conseguido vencer la resistencia de aquel pobre hombre?

Zack dio un bocado a la tortilla antes de contestar:

–Yo creo que sí.

–Se ve que has conseguido acabar con él.

Zack la miró desconcertado.

–¿A qué te refieres?

Trinity dudó entre acusarlo de lo que sabía o callarse. Después de todo, en los negocios Zack creía en la ley de la jungla, incluso cuando trataba con un hombre que había sido golpeado dos veces: la primera por la pérdida de su hijo y la segunda por la insinuación de Zack de que él era el culpable. Finalmente, Trinity se dejó llevar por el deseo de querer saber la verdad.

–¿Cómo murió el hijo de James Dirkins?

–En un accidente de tráfico –Zack se limpió los labios con la servilleta y con gesto pensativo la dejó sobre la mesa–. Hay quien cree que fue un suicidio. Por lo visto, tenía problemas.

–¿Por lo visto? ¿Has hecho averiguaciones?

Zack miró a Trinity con suspicacia.

–¿A qué lleva este interrogatorio?

Trinity necesitaba contestaciones y si Zack no quería darlas, estaría confirmando que era el empresario despiadado que describían los periodistas. Sin embargo, el hombre que ella estaba descubriendo era más complejo y compasivo que todo eso. Decidió decir la verdad.

–Cuando he hablado con Kate esta mañana me ha dicho que insinuaste a Dirkins que era responsable de la muerte de su hijo.

Zack frunció el ceño y su mirada se ensombreció.

–¿Que ha dicho qué? –preguntó entre la incredulidad y la furia.

Trinity se ruborizó y separó la silla de la mesa, diciendo:

–No debería haber dicho nada.

–¿Actuando como Trinity Matthews o como representante de la supuesta «prensa libre»? –Zack lanzó un exabrupto y dejó el tenedor en el plato con furia sin apartar la mirada de ella–. Vivimos en una sociedad en la que la gente se preocupa más de lo que hacen los demás que de ellos mismos. Es un circo en el que hay tres cuartos de mentira y uno de basura.

A Trinity el corazón le latía aceleradamente. La reacción de Zack la había desconcertado y no estaba segura de si con ella pretendía buscar su simpatía o demostrar que era mejor persona de lo que la prensa reflejaba.

–¿Quieres decir que no insinuaste a Dirkins que tuvo parte en la muerte de su hijo?

–¿Importa lo que yo diga? Vosotros imprimís lo que vende –Zack apretó los labios–. Y luego piensas que debo avergonzarme de mí mismo.

Trinity lo encontró tan convincente que no supo qué creer. Encogiéndose de hombros, masculló:

–No he dicho que fuera verdad.

Zack la miró fijamente antes de resoplar, como si estuviera harto de todo aquello. Se levantó y llevó su plato al fregadero. Trinity bajó la mirada al suyo y tuvo una idea que le pareció podía conciliar sus posturas.

–Incluso aunque Dirkins no pueda dirigir el hotel solo, debe sentir que abandonar el hotel equivale a una segunda muerte de su hijo. Podría haber una manera de que siga vinculado al hotel. ¿Y si le ofrecieras una asociación?

El plato resonó en el fregadero.

–Yo no me asocio con nadie.

Trinity sintió un nudo en el estómago.

–Por supuesto que no –dijo. ¿Cómo podía haberlo olvidado? Sus hermanos creían en el compromiso. Zack no.

–No soy un mal tipo. Hago lo posible por ser justo en los negocios; por ser un buen hijo y un buen tío –dijo él. Y volviendo a la mesa, tomó la mano de Trinity y tiró de ella para que se pusiera en pie–. Y por si no lo has notado, también soy un hombre que tiene deseos y necesidades.

Trinity contuvo el aliento y, mirándolo desafiante, contestó:

–Sí, lo he notado.

–Mañana se llevarán a la niña y nuestro vínculo se acabará –Zack le acarició los brazos–. Aunque eso no significa que dejemos de vernos.

–¿Quieres seguir viéndome? –preguntó Trinity, sintiendo que el suelo se movía bajo sus pies.

–Por supuesto.

Zack la estrechó contra sí y se apoderó de su boca con la energía contenida de tantas horas de reprimir el impulso de besarla. La llama prendió en ella y alcanzó su centro de sensibilidad como una bola de fuego. Zack tomó su rostro entre las manos sin dejar de besarla. Las sensaciones que despertaba en Trinity eran tan poderosas que le hicieron olvidar cualquier otro pensamiento excepto el de querer fundirse con él en un abrazo. No había ninguna razón por la que no pudiera dejarse llevar. Solo su orgullo se interponía entre ellos y una noche de pasión. Y si cometía un error, tendría el resto de su vida para arrepentirse.

Algo en la forma en que Zack continuó besándola le indicó que sabía que había quebrado su voluntad. Y cuando él la sujetó por la nuca y profundizó el beso, ella solo pudo suspirar y disolverse, entregada. El cuerpo se Zack se amoldaba tan perfectamente al de ella que no se sabía dónde empezaba uno y dónde acababa el otro. Él la tomó en brazos y al llegar al pie de la escalera, con un suspiro de resignación, apartó los labios de los de ella. Mirándolo a través de los párpados entornados, Trinity suspiró a su vez y musitó lánguidamente:

–Puedo subir sola.

–Prefiero subirte yo –dijo él. Y su sonrisa brilló en la penumbra.

La llevó a su dormitorio y Trinity recordó que la primera impresión que había tenido de él en el taxi la había impresionado e intrigado a partes iguales. Después había pensado que era extremadamente atractivo y había fantaseado con sus labios sin creer que alguna vez llegaría a sentirlos sobre los suyos. En aquel instante, cuando Zack se detuvo al pie de la cama, sintió que el deseo de conocer a Zack Harrison íntimamente la devoraba. Con la misma determinación con la que se había prometido no caer, estaba lista para lanzarse a la hoguera.

Zack abrió la cama y, tras encender la luz de la mesilla, posó a Trinity delicadamente. Con una rodilla en la cama y el otro pie en el suelo, le acarició el hombro a la vez que dejaba un rastro de besos desde su cuello hasta la uve de su escote. Instintivamente ella alzó los brazos y, tras quitarle el jersey, Zack volvió a inclinar la cabeza para mordisquearle un hombro a la vez que le soltaba el sujetador. Quitándoselo, sus labios se movieron hacia uno de sus pezones, que empezó a succionar suavemente, haciendo que Trinity perdiera la cabeza. Cuando, tras describir varios círculos alrededor del pezón, Zack le pasó la punta de la lengua varias veces como si le diera latigazos, algo estalló en el interior de Trinity. Ladeó al cabeza para darle acceso de nuevo a su cuello, enredó los dedos en el cabello de Zack y este la empujó suavemente hasta tumbarla, a la vez que atrapaba el otro pezón en su boca.

Sintiendo que flotaba se dejó invadir por el placer, Zack se separó de ella y Trinity se forzó en abrir los ojos. Se había levantado para quitarse el jersey. Su torso de bronce refulgió bajo la tenue luz de la lámpara como una espectacular estatua. Luego se quitó los pantalones y ella pudo intuir el vello que descendía desde su ombligo hasta el elástico de sus calzoncillos negros, que contenían su erección con dificultad.

Cuando se inclinó sobre ella, Trinity aspiró su delicioso aroma al tiempo que se abrazaba a él.

–He imaginado este momento desde el instante que entraste en el taxi –musitó él.

Ella le acarició la espalda, deleitándose en sus músculos, y le susurró al oído:

–Entonces no perdamos el tiempo.

Zack recorrió uno de sus muslos hasta llegar a su parte más sensible y mientras depositaba delicados besos en su cuello y sus hombros, usó dos dedos para describir círculos en su palpitante centro.

Trinity se entregó a las sensaciones, concentrándose exclusivamente en la lenta e incendiaria caricia que la obligó a morderse el labio para contener la explosión que se aproximaba. Pero entonces él apartó la mano, dejándola temblorosa y al límite, antes de que lo sintiera adentrarse en ella al tiempo que su boca volvía a cubrir la suya y sus dedos volvían a buscar el límite entre sus cuerpos.

Un latigazo de calor sacudió a Trinity hasta las entrañas. Se sentía al borde, cada vez más excitada, cada vez más caliente; podía percibir el orgasmo que se avecinada, llamándola, como una tormenta aproximándose.

Cuando la fricción entre sus cuerpos alcanzó el punto más álgido, Zack se adentró en ella con un empuje final y el mundo de Trinity estalló en una sucesión de oleadas de placer incontenible. Cabalgó sobre un mar de continuas elevaciones, susurrando su nombre, asiéndose al calor de Zack y agradeciendo su destino. Al mismo tiempo que lo maldecía.

Capítulo Ocho

–Me alegro de que me hayas convencido.

Zack colocó a Trinity encima de sí y le acarició las espalda y las nalgas.

–No me ha costado demasiado.

–Debe ser por culpa del aislamiento.

–¿Un caso de claustrofobia? –preguntó Zack con una sonrisa maliciosa.

–Sí, y creo que no se me ha pasado del todo.

–Me alegro, porque todavía no he acabado el tratamiento.

Trinity sonrió y se inclinó para besarlo. Zack no se cansaba de sus besos. Nunca se había sentido tan saciado y, sin embargo, tan dispuesto a continuar. Movió a Trinity para que sus caderas coincidieran con precisión. Pero cuando estaba pensando en ponerse otro condón, notó que los besos de Trinity se entibiaban, hasta que finalmente sus labios abandonaron lo de él. En la penumbra, atisbó un gesto de preocupación en su mirada.

–¿Estás cansada?

–No, más bien inquieta.

Zack la hizo rodar hasta colocarse sobre ella y con una sonrisa provocativa dijo:

–Yo sé cómo quitarte la inquietud.

Y le recorrió el cuello con delicados y sensuales besos. Pero en lugar de sentir que Trinity se hundía en el colchón y se derretía bajo él, notó que se tensaba.

–¿Estoy perdiendo mi encanto? –preguntó.

Trinity lo miró angustiada.

–¿Te parecería una tontería que bajáramos?

–¿Quieres estar más cerca de la niña?

–Ya sé que Cruiser está vigilando, pero me sentiría mejor –dijo Trinity, retirándole un mechón de cabello de la frente.

Zack reflexionó y, asintiendo, dijo:

–Yo también.

Trinity sonrió de oreja a oreja.

–¿De verdad?

–Con una condición; que usemos calor humano para calentarnos.

Trinity frotó su nariz con la de él.

–Hecho.

Mientras Trinity iba al cuarto de baño, Zack encontró dos albornoces y, en unos minutos, bajaban. Se asomaron a ver a Bonnie, que dormía apaciblemente, al igual que Cruiser.

Trinity se acomodó bajo el edredón y Zack preparó el fuego. Cuando tomó fuerza, se quitó el albornoz, se metió bajo el edredón y soltó el cinturón de Trinity, que le ayudó a quitárselo. El deseo de Zack prendió al ver su cuerpo desnudo bajo las titilantes llamas, pero Trinity se acomodó tan plácidamente en su pecho, que no quiso perturbarla y se limitó a abrazarla contra sí y plantarle un beso en la coronilla.

El día no podía haber tenido un final más satisfactorio.

Tras el espectacular orgasmo que había experimentado, a Trinity le bastaba con permanecer echada junto a Zack, pero cuando le acarició el muslo y rozó su sexo en erección, no pudo evitar girarse para mordisquearle un pezón a la vez que lo tomaba en su mano y movía esta a lo largo. El cuerpo de Zack reaccionó instantáneamente y su pene se endureció aún más.

—Pensaba que querías descansar, pero estoy encantado de que prefieras jugar —susurró contra su cabello.

—También podríamos hablar.

Zack dejó escapar un tembloroso suspiro.

—Si sigues haciendo eso haré lo que quieras.

—¿Y si hago esto? —preguntó Trinity, continuando con la caricia a la vez que dejaba un rastro de húmedos besos desde su pecho hasta su ombligo.

—Tengo que advertirte que me da mucho gusto.

Trinity aumentó la fricción y él alzó las caderas.

—Háblame de esta casa —dijo.

Zack resopló y ladeó la cabeza.

—¿Qué quieres saber?

—¿Por qué la elegiste?

—Es muy… tranquila —cuando Trinity apartó la mano, Zack masculló—: No hace falta que pares.

—Si sigo no podrás mantener una conversación.

—Hay quien dice que hablar está sobrevalorado.

Trinity se incorporó sobre el codo y apoyó la cabeza en la mano.

—Dices que te gustó porque era un lugar muy tranquilo.

—La casa y el pueblo. Celebran las Navidades en comunidad, ponen un gigantesco árbol y se organizan juegos para los niños.

—Suena ideal para tener familia —dijo Trinity, pensativa.

—Se la compré a una familia con gemelos. El padre solía ir a pescar y a volar cometas con ellos. Las dos veces que vine a verla olía a bizcocho recién horneado.

—¿Alguna vez has probado a hacerlo tú mismo?

—No. ¿Tú?

—De pequeña tuve que cocinar tanto que ahora lo evito en la medida de lo posible.

—¿Y has ido de excursión a la montaña?

—En Colorado, no.

Zack puso una mano bajo la nuca y miró al techo.

—El paisaje es espectacular. No hay aire más puro que el de Colorado —dijo.

—No parece que estés ansioso por volver a Nueva York.

—Nueva York es mi hogar.

—No tiene por qué, ¿no dicen que el hogar está donde está el corazón?

Zack se giró sobre el costado para mirarla de frente, le retiró el cabello de la mejilla y preguntó:

—¿Dónde tienes tú el corazón?

La pregunta la tomó por sorpresa y, tras reflexionar, Trinity contestó:

–Supongo que todavía estoy buscando mi sitio.

–¿No es el periodismo?

–Eso es lo que hago, Zack; no quien soy.

–Por alguna razón, te imagino trabajando con niños.

–Durante un tiempo pensé en trabajar para los servicios sociales, pero no estaba segura de ser lo bastante fuerte –Trinity recordó algunos de sus oscuros momentos y se estremeció–. Quizá me toca demasiado de cerca.

–Precisamente eso es lo que necesita un trabajo de ese tipo. Cualquier departamento que se ocupara de niños sería afortunado si contara contigo.

Trinity habría querido darle un beso de agradecimiento.

–Siempre sentiría que no hacía suficiente.

Zack sonrió con dulzura.

–¿Cómo puedes decir eso cuando tienes tanto para dar?

Cuando su mirada se posó en los labios de Trinity antes de que su boca descendiera hacia la de ella, Trinity sintió un torbellino de emociones nuevas que la estimularon al tiempo que la colmaban de serenidad. Zack Harrison apenas la conocía, y sin embargo, en aquel instante, parecía conocerla mejor de lo que ella se conocía a sí misma.

Capítulo Nueve

Zack estaba soñando que un tigre se disponía a avalanzarse sobre Bonnie, cuando el sonido lejano de tambores se transformó de pronto en algo mucho más identificable, y se despertó bruscamente.

Poniéndose de pie de un salto se concentró en localizar el origen del ruido. Miró hacia la ventana y en una décima de segundo fue consciente de lo que pasaba, a la vez que se daba cuenta de que estaba desnudo.

Tomando una manta, se envolvió en ella como pudo a la vez que Trinity se revolvía y, rascándose la cabeza, se sentaba con el cabello alborotado y dando un gran bostezo. Tan desnuda como él, parpadeando, miró a Zack desconcertada.

–¿Qué pasa?

–Hay alguien fuera, y creo que es la mujer de servicios sociales.

Trinity lo miró horrorizada y al volverse hacia la ventana vio a una mujer con botas de goma y expresión severa. Mientras se levantaba y se ponía un albornoz, Zack fue a abrir la puerta. La mujer entró diciendo:

–Señor Harrison, soy Cressida Cassidy. Veo que vengo en mal momento.

—Yo no diría que es malo —dijo él con gesto inocente, indicando a Trinity—. Solo inconveniente.

Ella le dedicó una sonrisa crispada.

—No dijo que estuviera casado.

—No lo estoy. Esta es Trinity… —Zack se quedó en blanco— Matthews. Lo siento, estoy un poco atontado.

—Son más de la nueve —dijo la mujer, estrechando la mano de Trinity con frialdad—. Lamento tomarlos desprevenidos, pero no sé si saben que un gran tronco obstruye la puerta principal y…

Un grito agudo la interrumpió. La señora Cassidy palideció, Zack se quedó paralizado y Trinity entró en acción. Bonnie gritaba como si se le hubiera clavado un alfiler, y Zack intentó aparentar calma mientras una señora Cassidy claramente preocupada esperaba la vuelta de Trinity.

Con la preocupación transformándose en suspicacia, la señora Cassidy preguntó:

—¿Señor Harrison, dónde tienen a la niña?

—Está perfectamente atendida. Cruiser cuida de ella —dijo él con gesto tranquilizador.

En aquel instante, el perro entró y le olfateó los talones.

—Aquí esta.

—¿Dejan a la niña al cargo de un perro?

—Solo por la noche. Nosotros estábamos aquí mismo.

Ella apretó los labios al ver la botella de vino medio vacía.

—Quiero ver a la niña —exigió.

–¡Ahora mismo voy! –se oyó a Trinity.

Mientras la señora Cassidy esperaba dando pataditas de impaciencia, Zack fue a ponerse unos pantalones y una camiseta. Volvió al instante, peinándose con la mano.

–Trin debe estar cambiándola –dijo a la señora Cassidy–. Se despierta empapada.

La mujer apretó aún más los labios y tras un minuto de creciente tensión, intentó adentrarse en la casa. Afortunadamente, Trinity llegó en ese preciso momento, se había vestido y llevaba a la niña en brazos, sonriente y feliz.

–¿Han averiguado algo? –preguntó, deteniéndose junto a Zack.

–Hemos localizado a la madre –dijo la señora Cassidy–. Está fuera, en un coche de la policía.

Zack la miró alarmado.

–¿Algo va mal?

–No estoy en disposición de decirlo –la señora Cassidy alargó los brazos–. Yo la llevaré.

Trinity apretó a la niña contra el pecho instintivamente.

–Necesita un biberón –dijo.

–La madre dice que prefiere darle el pecho.

Al ver que Trinity estaba paralizada, Zack dio un paso adelante. Después de todo, tenían derecho a ser informados.

–Imaginará lo preocupados que hemos estado por la niña. ¿Cómo es posible que estuviera sola en un taxi?

–Señor Harrison, esa información es privada –la

señora Cassidy forzó una sonrisa–. Pero le aseguro que la madre está feliz de recuperarla. No ha sido más que un terrible error.

–Lo siento, pero cuesta creerlo –dijo Zack.

–Le proporcionaré sus datos –dijo ella con firmeza–, por si quiere ponerse en contacto con ustedes.

Zack rechinó los dientes. Trinity se resistía a entregar a la niña y él sentía algo parecido. Por más que Bonnie no fuera de ellos, se merecían una explicación. ¿Se había tratado de una negligencia de la madre? ¿Tenía medios suficientes? ¿Corría Bonnie el riesgo de encontrarse en una situación peor?

La mujer mantenía las manos tendidas hacia Trinity y esta finalmente, con los ojos humedecidos, le pasó a la niña.

Cressida sonrió al mirar a la niña. Luego volvió su atención a ellos.

Zack tenía en una mano la sillita y con la otra rodeó la cintura de Trinity.

–La acompañaremos –dijo, más como una orden que como una oferta.

Siguieron a la señora Cassidy al exterior. Hacía un sol espléndido y la nieve empezaba a derretirse. Al rodear la casa vieron dos coches. En el asiento de atrás del de policía había una mujer joven que, a través de la ventanilla, parecía frágil y enfermiza.

Zack le dio la sillita a la señora Cassidy con el corazón encogido, a la vez que intentaba tranquilizarse diciendo que no le devolverían la niña a una madre enferma o que tuviera problemas con drogas.

La señora Cassidy fue hasta el coche de policía y mientras uno de los agentes aseguraba la silla en el asiento trasero, la niña fue entregada a la mujer, que más bien parecía una adolescente. Zack la oyó exclamar a la vez que apretaba a Bonnie contra su pecho, y aunque supo que debía estar aliviado, solo sintió un frío helador. ¿Cuál sería su historia?

Trinity estaba a su lado, temblorosa.

–No parece tener más de diecisiete años –musitó.

–Sus padres podrán ayudarla.

–¿Y dónde estaban cuando perdieron a la niña? –preguntó Trinity, acurrucándose contra el costado de Zack, al borde de las lágrimas.

La señora Cassidy subió a su coche, el policía al suyo, y arrancaron. Trinity clavó los dedos en el pecho de Zack, que se contenía para no correr tras ellos, abrir la puerta y quitarles a la niña.

Pero cuando los coches llegaron al final del camino de acceso a la casa, se detuvieron, se abrió la puerta trasera y la madre, bajándose, caminó hacia ellos.

Llevaba unos vaqueros y un jersey rosa con capucha. Cuando llegó cerca, se la bajó, dejando a la vista una espléndida cabellera rubia que le caía hasta los hombros. Era algo más alta que Trinity, pero estaba extremadamente delgada.

–Sois la pareja que ha cuidado de Belinda –dijo.

–Belinda –musitó Trinity–. Qué nombre tan bonito.

–Quería que supierais que fue una accidente –bajó la mirada–. No quería quedarme embarazada, pero jamás me he arrepentido de traer a Belinda al mundo.

—¿Y su padre? —preguntó Trinity.

—Iba a por él cuando la perdí. Ryan no supo que estaba embarazada hasta que nació Belinda. Él no tiene madre y su padre… está siempre ausente.

—¿Y tus padres?

—Mi padre nos abandonó hace mucho tiempo. Y mi madre está enfadada conmigo —abatida, añadió—: Desde el primer día me dijo que tenía que dar a la niña en adopción, que era lo mejor para mí.

Trinity emitió un ahogado gemido de dolor y Zack la abrazó con fuerza.

—Ayer mi madre estuvo presionándome —continuó la joven—. Me dijo que no podíamos seguir viviendo con ella, que representábamos mucho gasto. Así que decidí recoger mis cosas y marcharme con Bel. Iba a tomar un autobús a casa de mi novio, en Wyoming, pero al llegar a la parada, empezó a nevar. Para proteger a Bel, dejé la maleta y le pregunté a un taxista cuánto me costaría llegar a la estación central. En ese momento él iba a entrar en una tienda para comprar algo de comer y yo dejé a la niña un momento dentro del taxi para protegerla del frío mientras iba a por la maleta. Pero cuando cruzaba la calle de vuelta, vi que el taxi se alejaba —sus ojos se inundaron de lágrimas—. Corrí hasta quedar extenuada, pero no se detuvo.

—¿Y por qué no avisaste a nadie? —preguntó Trinity.

—Llamé al padre de Bel, pero no contestó, así

que tuve que volver a casa de mi madre. Legué llorando y angustiada, me llevó a la cama y dijo que llamaría a la policía. Al día siguiente, al extrañarme de que la policía no nos contactara, admitió que no había hecho la llamada. Así que llamé yo.

Trinity agachó la cabeza y se asió a Zack con fuerza. Era fácil comprender la emoción que debía sentir ante una situación tan similar a la suya.

–Quería que supierais que adoro a Bel y que solo quiero lo mejor para ella –la joven volvió a ponerse la capucha–. Pero a veces la vida se complica.

Zack estaba emocionado, pero sentir lástima no ayudaba a la niña.

–¿Dónde te vas a alojar?

–La señora Cassidy me ha buscado un piso de acogida donde van a apoyarme.

–Si necesitas cualquier cosa… –Zack le dio una tarjeta con su número.

La joven los miró, conmovida.

–Me alegro de que la encontrarais vosotros. Parecéis una pareja maravillosa.

Trinity la observó aturdida mientras trotaba hacia el coche de policía. Este arrancó y partieron. Zack tampoco se movió.

Trinity no podía dejar de pensar en la crueldad de la madre de la joven. Incluso Zack, cuya reputación en el ámbito de las relaciones humanas dejaba mucho que desear, había actuado honorablemente.

Ella nunca había llegado a comprender la actitud de sus abuelos, ni que no sintieran el instinto primario de cuidar de su propia sangre. ¿Dónde estaba su compasión y su amor? Evidentemente, al igual que la abuela de Bel, carecían de sentimientos. ¿Y si le pasaba algo a su madre? Bel no tendría a nadie y ellos nunca lo sabrían. Nunca volverían a saber de su vida, y solo pensarlo le rompía el corazón.

Apenas fue consciente de que otro coche se aproximaba a la casa, y que de él bajaba una mujer madura y atractiva. Zack la soltó. El frío de la mañana se apoderó de ella, dejándola temblorosa. La mujer se golpeó el muslo al acercarse y Cruiser corrió hacia ella, moviendo la cola frenéticamente.

—Por fin te encuentro, perro malo —la mujer acarició la cabeza de Cruiser y mirando a Zack, añadió—: ¿Te ha molestado mucho?

A pesar de la conmoción que sentía tras la marcha de Bel, Zack hizo un esfuerzo para dar la bienvenida a su vecina. La noche anterior le había dejado un mensaje en el teléfono diciéndole que Cruiser estaba con él.

Zack había pensado que se sentiría mucho mejor en cuanto se llevaran a la niña y al perro, pero en lugar de alivio, sentía el vacío más grande que había experimentado nunca.

—Señora Dale, esta es Trinity Matthews —las presentó. Ambas se estrecharon la mano y él añadió—: Cruiser apareció aquí ayer por la mañana.

—Jim y yo salimos por la tarde pero no pudimos volver por culpa de la tormenta.

Zack se agachó y Cruiser fue hacia él, moviendo la cola.

—Han venido a por ti, muchacho —dijo.

Y la señora Dale, cruzándose de brazos y sonriendo, comentó:

–Zack, querido, se ve que has hecho un nuevo amigo.

–El afecto es mutuo –contestó él.

La señora Dale se volvió hacia Trinity.

–¿Va a quedarse unos días? –miró al cielo–. El tiempo va a mejorar.

–No. Tengo que ir a Nueva York.

–Que lástima. Para mí la gran ciudad es un lugar inhóspito, pero supongo que no es lo mismo cuando uno tiene allí su hogar.

La señora Dale volvió a darle las gracias a Zack y tras recibir un fuerte abrazo de Trinity, Cruiser la siguió obedientemente hasta el coche.

Zack y Trinity esperaron a verlos partir. Solo entonces Trinity notó que tiritaba y Zack, pasándole el brazo por los hombros, dijo:

–Vamos. Necesitamos un café.

Trinity lo siguió. Tenía la sensación de que le habían amputado una parte del corazón.

Zack puso la cafetera mientras ella se sentaba, muda y abstraída, en un taburete.

–Parece una chica agradable –dijo él a la vez que sacaba la leche del frigorífico.

–Chica es una buena descripción –dijo Trinity–. ¿Qué posibilidades tienen de salir adelante?

–Se arreglarán.

Trinity pensó que alguien con una vida como Zack no tenía ni idea de las dificultades que uno podía encontrarse en el camino.

–Pero… ¿y si no se bastan por sí solas?

–Le he dado mi teléfono; no podemos hacer mucho más –dijo Zack, intentando tranquilizarla.

–¿Estás seguro? Tiene que haber alguna manera de ayudar.

–¿Por ejemplo? –preguntó Zack, frunciendo el ceño.

–Podríamos conseguir su dirección.

–No creo que debamos. Aunque no nos guste, ha pasado lo que tenía que pasar: la madre y la niña se han encontrado. Ya sé que no es la situación ideal, pero deberías darte por satisfecha.

–Y lo estoy –dijo Trinity, abatida–. Solo quiero permanecer en contacto con ella. Ofrecerme a cuidarla ocasionalmente.

–¿Viniendo desde Nueva York?

Trinity se levantó y fue hacia el otro extremo de la habitación, enfurruñada. No quería oír argumentos racionales. Solo quería pensar en cómo ayudar. Fue hasta la ventana y al mirar al exterior se sintió vacía. Sacudida por un escalofrío, se rodeó la cintura con los brazos.

–Nunca me entenderías –musitó, más para sí misma que para Zack.

Oyó una taza golpear la encimera y luego las pisadas de Zack aproximándose. Un segundo más tarde, le posaba las manos en los hombros y le hacía volverse. Apretaba la mandíbula y tenía las aletas de la nariz dilatadas.

–Ahora estás disgustada, pero cambiarás de idea –dijo en tono tranquilizador–. Tenemos que sentarnos y asimilarlo. Ha sido un final deseable para todos.

–No puedo evitar pensar que podríamos hacer más –dijo Trinity con la voz teñida de emoción.

–Trinity, no podemos interferir –Zack le tomó la barbilla y la obligó a mirarlo–. En un par de días lo comprenderás. Tienes que despegarte de la niña.

En el fondo, Trinity sabía que tenía razón, que habían jugado el papel que les había deparado el destino y que había finalizado. ¿Pero cómo seguir adelante cuando uno se sentía atascado? No podía dejar de ver a Bonnie sonriendo, el eco de su risa resonaba en sus oídos. Se imaginaba la montaña de problemas a los que se enfrentaba su joven madre y se sentía físicamente enferma.

Pero cuando Zack la abrazó y, apoyando la mejilla en su cabeza, le masajeó suavemente la espalda, se dijo: «Tiene razón. Claro que tiene razón».

El bebé, su bebé, en realidad nunca le había pertenecido.

Capítulo Diez

Trinity no quería quedarse a desayunar. Así que después de que se ducharon, Zack accedió a llamar un taxi, pero insistió en acompañarla al aeropuerto. Una vez llegaron, Trinity no quiso que esperara a que despegara el avión.

Zack pensó que lo tenía merecido tras su discurso sobre «la necesidad de separase de la niña». Se despidieron con un beso, pero este fue radicalmente distinto a cualquiera de los anteriores. Sus labios no mantuvieron el contacto, la sonrisa de Trinity no resultó convincente y cuando la vio alejarse, tuvo que hacer un esfuerzo sobrehumano para no detenerla y pedirle que se quedara hasta diluir la tensión que se había creado entre ellos.

La vio perderse entre el tumulto de gente que intentaba recuperar la normalidad interrumpida por la tormenta, y ni siquiera fue consciente de cuánto tiempo se quedaba paralizado, pensando... Hasta que el taxista bajó la ventanilla y gritó:

—¿Dónde vamos, señor?

Subió y le dio una dirección en Denver.

***

Trinity llegó a Nueva York sintiéndose exhausta, pero decidida a actuar de acuerdo al plan que había diseñado durante el viaje. Bajó del taxi y atravesó las puertas automáticas del edificio en el que había establecido el que hasta entonces había considerado su hogar.

Había tenido que esforzarse mucho para ir a la universidad y marcharse de Ohio. Nunca olvidaría la excitación de conseguir el contrato con *Story*, y de alquilarse un apartamento en Brooklyn en el que, aunque pequeño, había reunido pequeños detalles que le hacían feliz: cuadros de jóvenes pintores con talento, sus libros favoritos…

Pero el apartamento no le pertenecía, no era un verdadero hogar y mientras esperaba al ascensor, fue consciente de que no era más que un techo temporal. Nunca se lo diría a Zack. A pesar de su inicial actitud crítica hacia él, se había sentido más segura entre las cuatro paredes de su casa que en ningún otro lugar.

Pero no debía pensar en ello. Tras la maravillosa noche que habían pasado juntos, Zack había dicho que quería que siguieran viéndose, pero algo le decía que no la llamaría. Y lo comprendía. Él tenía una vida profesional de éxito, así como la compañía de familia y amigos. No necesitaba que su melancolía lo deprimiera. Y ella tampoco lo necesitaba a él.

Tenía un plan y estaba decidida a ejecutarlo.

***

–Ya sé que dije que conseguiría que Dirkins firmara –dijo Zack–. No me he dado por vencido.

Thomas lo observaba desde el otro extremo de la gigantesca mesa de la sala de juntas de las oficinas centrales. Zack sabía que debía parecer un tigre enjaulado, porque así era como se sentía. Desde que había vuelto de Colorado, dos días antes, no había conseguido concentrarse en nada.

Se había planteado aceptar la sugerencia de Trinity y ofrecer a Dirkins que se asociara con él. Pero aunque por una parte quería ayudarle, no era así como solía hacer negocios. Una propiedad compartida podía dar lugar a problemas en el futuro.

–Quizá deberíamos olvidarnos de ese contrato –dijo Thomas–. Desde que mamá y papá rompieron, está menos obsesionado con la empresa. De todas formas, dudo que la ruptura sea definitiva.

Zack se preguntó en qué basaba esa predicción.

– Thomas, aunque creamos lo contrario, nuestra familia no es invencible.

Thomas lo miró fijamente.

–¿Se puede saber qué te pasa? Cada vez que te pregunto qué pasó en Colorado, evitas contestar –tras una pausa, preguntó–: ¿Te están chantajeando?

–No seas melodramático –dijo Zack, yendo hasta el ventanal.

–Me dijiste que esa actriz a la que estabas viendo insinuó algo al respecto.

–Pero no puede hacerlo. Además, sabes que algo así no me alteraría.

–Eso he pensado siempre, pero algo está alterando tu habitual frialdad –Thomas fue junto a Zack–. Cuéntame qué pasa.

–No me creerías –dijo Zack.

–Inténtalo.

Tras un titubeo inicial, Zack se sentó y durante el siguiente cuarto de hora le habló de Bonnie-Belinda, de Trinity e incluso de Cruiser. No ocultó la intimidad a la que habían llegado Trinity y él, ni lo vacío que se sentía desde que la niña y ella habían desaparecido.

–Nunca me había sentido tan inquieto –concluyó, levantando las manos en un gesto de impotencia–. Debo estar enfermo.

–Sí, enfermo del corazón. Zack, suenas como un hombre enamorado.

Zack miró a su hermano y dejó escapar una risa cargada de sarcasmo. Su familia siempre insistía en que acabaría encontrando a la mujer ideal.

–Trin y yo hemos pasado dos días juntos –dijo, levantando dos dedos para enfatizar sus palabras.

–Yo supe que quería casarme con Willa en nuestra primera cita. Dylan tardó una semana en decidirlo con Rhian.

–Yo soy distinto, siempre lo he sido.

Thomas se sentó y adoptó una actitud que hizo recordar a Zack su afición a la psicología, pero él no necesitaba una mala imitación de Freud.

–¿A qué tienes miedo? –preguntó Thomas.

–Entre otras cosas, enamorarme no está entre mis planes –dijo, poniendo los brazos en jarras.

–¿Y esos planes son…?

–Dirigir Harrison Hotels. Papá está a punto de retirarse.

–¿Quieres decir que en cuanto los demás nos casamos perdimos la cabeza?

–Seamos sinceros –dijo Zack, enarcando una ceja–. Tenéis distintas prioridades.

–Desde luego: nuestras familias. Pero eso no significa que no podamos llevar un negocio.

–Si papá hubiera pasado más tiempo con mamá cuando empezaron las primeras señales de una crisis, quizá no se habrían separado.

–Eso no es tu responsabilidad. Y tienes que saber que un hombre puede tener ambas cosas: una familia y una vida profesional satisfactoria.

–Pero no sin sacrificios.

–La vida está llena sacrificios, pero te aseguro que también de muchas compensaciones. No hace falta que vendas tu alma y ganes varios miles de millones para ser feliz.

–No lo entiendes: me considero una persona tranquila, centrada y con la mirada puesta en el futuro.

–Todas ellas cualidades perfectas para ser marido y padre.

Zack no estaba convencido. Pero tras aquella conversación le quedó claro que no conseguiría relajarse hasta volver a ver a Trinity. Si ella sentía algo parecido a la tortura por la que él estaba pasando, no tendría más remedio que acceder a verlo.

Y él sabía cuál era la noche perfecta.

Capítulo Once

Trinity estaba a punto de marcharse de la oficina cuando entró un mensajero y le entregó un paquete. Supuso que procedería de alguna de las compañías que había entrevistado, pues muy a menudo les mandaban muestras o catálogos de sus productos, pero cuando miró el remitente, musitó:

–Don Pollo-Geist –y el estómago se le encogió a la vez que la sonrisa que afloraba a sus labios despertaba la curiosidad de la recepcionista, Narelle Johns.

–Has palidecido ¿Quieres un vaso de agua? –preguntó, yendo hacia ella.

–No, no. Estoy bien.

–Parece que hubieras visto un fantasma.

Trinity sonrió.

–Algo así.

No quiso esperar a llegar a casa para ver qué contenía, así que lo abrió bajo la atenta mirada de Narelle, que exclamó:

–¡Qué preciosidad!

Los ojos de Trinity se humedecieron mientras observaba la bola de cristal que resumía tantas cosas.

–Una bola de nieve –musitó a la vez que la sacudía y contemplaba la nieve caer sobre una cabaña de madera, ante cuya puerta había una pareja y un perro. La mujer sostenía un bebé en brazos.

Cerró los ojos y suspiró. Contemplar aquella bola hizo que los recuerdos se agolparan en su mente; recuerdos que quería mimar hasta el final de sus días, pero que debía considerar parte del pasado. Había decidido seguir el consejo de Zack y pensar en el futuro.

–¿De quién es? No recuerdo que entrevistaras a nadie relacionado con bolas de cristal –dijo Narelle, mirando dentro del paquete.

–Es personal.

–Aquí hay una nota.

Trinity la tomó de manos de Narelle y a medida que leía, su espíritu se elevó y su determinación flaqueó.

–¿Vas a ir? –preguntó Narelle.

Trinity la miró con desaprobación al ver que había estado leyendo por encima de su hombro.

–Perdona, no he podido evitar leer «necesito volver a verte» y «este sábado por la noche». Dice que es una fiesta de pedida, en una dirección de Oyster Bay Cove. ¡Suena todo tan romántico!

Trinity se mordisqueó el labio inferior a la vez que volvía sacudir la bola. En su mente podía oír a Cruiser ladrar, a Bonnie Bel riendo y a Zack…

Suspiró.

Zack era inteligente, fuerte y divertido y lo echaba de menos. De noche, sola en su cama, todavía sentía su calor y sus besos.

Con el paso de los días, Trinity había creído que no se pondría en contacto con ella, pero Zack había mantenido su palabra. Por eso mismo tendría que aceptar: para decirle hasta qué punto la experiencia de Colorado le había cambiado la vida y por qué no podía volver a verlo.

Le mandó un mensaje aceptando la invitación, pero especificó que iría a casa de sus padres por su cuenta.

Cuando Zack recibió la respuesta de Trinity, tuvo la tentación de llamarla a la revista, pero veinticuatro horas más tarde, mientras la esperaba en casa de sus padres, se alegró de no haberlo hecho. Si Trinity quería llegar por su cuenta, él no tenía nada de objetar. Siempre que le dejara devolverla a su casa en coche… y a la mañana siguiente.

Notó una mano en el hombro y al volverse se encontró con su madre.

–Llevas una hora mirando por la ventana. ¿Estás seguro de que esa chica va a venir?

–Claro que sí.

–No será por falta de mujeres interesadas en ti. Tu hermana tiene un montón de amigas.

–Y puesto que es la fiesta de compromiso de Sienna, estoy encantado de que sea ella que ejerza de anfitriona.

Los ojos verdes de su madre brillaron como la esmeraldas que llevaba de pendientes.

–No te reconozco.

Zack le dio un beso y dijo:

—Estoy bien, mamá. Ve a divertirte.

Al seguirla con la mirada, vio que su padre le interceptaba el paso y le ofrecía rellenarle la copa, pero ella lo rechazaba, y Zack pudo imaginar lo que pensaba: «¿Dónde estabas tú todas esas noches que yo quería hablar contigo?». Con el paso de los años, Zack había comprendido que aunque su padre había atendido todas las fechas importantes de la vida de sus hijos, su madre debía haberse sentido muy sola mientras él se entregaba en cuerpo y alma a sus negocios.

Tras verlos entrar en la sala donde se celebraba la recepción, volvió la mirar por la ventana, en el preciso momento en que los faros de un coche se aproximaban. Y en cuanto confirmó que se trataba de un taxi, salió al encuentro de la pasajera.

Salió al porche y se frotó las manos para combatir el frío. El taxista abrió la puerta y Trinity bajó. Llevaba un vestido de un rojo vivo, de seda, con el corpiño de pedrería y cintura imperio desde la que la falda caía vaporosa; en el brazo llevaba un chal de gasa.

Zack salió a su encuentro y le tomó las manos. Aunque habría querido abrazarla, se limitó a sonreír y a conducirla al interior.

Trinity había estado preparada para encontrarse con una mansión, pero la casa poseía una elegancia y una grandeza que dejaba boquiabierto.

—Mi piso al lado de esto es una caja de cerillas —dijo a la vez que ascendían la escalinata en forma de arco—. ¿Cuándo se construyó?

–En 1936. Es enorme, tiene siete dormitorios y el mismo número de baños, además de biblioteca, varios salones y mucho más. Ahora es demasiado grande para mis padres.

–¿Van a venderla?

–Todavía no lo han decidido.

En el vestíbulo, una gigantesca araña colgaba de un magnífico techo artesonado y los cuadros parecían propios de un museo.

–Ven a que te presente a mi familia –dijo Zack con una de aquellas sonrisas que dejaban a Trinity flotando.

A Trinity le inquietaba la curiosidad que su presencia podía despertar al ser la cita de Zack, pero estaba preparada para dar respuestas suficientemente vagas si le hacían preguntas personales. Estaba segura de que Zack lo comprendería. Por su parte, después de los días en Colorado, ella sentía una enorme curiosidad por ver a la familia Harrison en acción.

–¿Están los niños? –preguntó a la vez que atravesaban un arco de madera tallada, y el volumen de la música se elevaba.

–Por supuesto. Aunque se irán a la cama a una hora razonable.

–En uno de los siete dormitorios –dijo Trinity.

A la vez que daba su chal a una sirvienta, Zack dijo:

–Además hay un par de casas de invitados en la propiedad, por si alguno queremos quedarnos y tener algo de intimidad.

–¿Vas a pasar aquí la noche?

–Desde luego –Zack sonrió con picardía–. Y tú también.

Trinity estuvo a punto de tragarse la lengua, pero antes de que pudiera protestar se encontró entre los invitados de la fiesta y Zack le estaba dando una copa de champán y presentándola a un hombre muy parecido a él.

–Thomas, esta es Trinity Matthews.

Él le estrechó la mano.

–Encantado de conocerte. No celebramos todos los días que nuestra hermana pequeña acepte una proposición de matrimonio –miró a Zack–. Ahora solo queda uno –llamó a una mujer rellenita, pelirroja, y con una encantadora sonrisa–. Willa, cariño, ven a conocer a la amiga de Zack.

Ella se apresuró a acercarse.

–Zack nos ha contado que pasasteis dos días aislados por la nieve.

Al ver que no mencionaba a la niña, Trinity dedujo que solo había dado una versión parcial de lo ocurrido, aunque por la forma en que Thomas la miraba, se preguntó si a él no le habría dado una versión más completa.

Al cabo de unos minutos, Zack llamó a otra mujer. Llevaba un vestido color melocotón y el cabello moreno recogido en un elegante moño.

–Esta es Sienna –explicó Zack–, nuestra hermana pequeña y protagonista de la noche.

–Enhorabuena –dijo Trinity–. Supongo que eres muy feliz.

–¡Estoy feliz y aturdida! Acepté la proposición el fin de semana pasado y mamá quiso celebrar la fiesta de inmediato. Ya sabes cómo son las madres.

Trinity mantuvo una expresión impasible mientras Zack explicaba:

–Sienna y su novio se conocen desde hace solo cuatro semanas.

–Tres –lo interrumpió Sienna–. Nos conocimos en un cursillo de chocolate en Bruselas. Parece mentira que tuviéramos que conocernos tan lejos cuando los dos vivimos en Nueva York. Ahora entiendo lo que la gente dice del amor a primera vista.

–¿Supiste que os casarías en cuanto lo viste? –preguntó Trinity, intrigada.

–No sé como describirlo, pero en mi interior supe que estaríamos juntos –Sienna soltó una carcajada y continuó–: Parece absurdo, ¿verdad? A Zack le parecerá una tontería, aunque estoy segura de que cuando os conocisteis, saltaron chispas.

Sienna parecía dispuesta a seguir por esa línea pero otra mujer, que debía ser una amiga cercana, la tomó de la mano y sin mediar palabra, la arrastró junto a otro grupo de amigos. Al instante, Zack presentó a Trinity a otro hermano, su mujer y uno de sus hijos.

Mientras charlaban sobre los juguetes hechos a mano que Zack tenía en la casa del campo, Trinity se dio cuenta de que nunca se había sentido tan relajada ni tan conectada con un grupo de gente a la que no conocía, y supuso que se trataba más de un deseo que de una realidad.

Zack le presentó a sus padres por separado, así como a una decena más de invitados. Era un magnífico anfitrión y las horas pasaron volando.

–Te falta por conocer a alguien –dijo Zack en cierto momento, indicando a un hombre que se acercara. Por el parecido y la edad, Trinity dedujo que era su hermano mayor–. Dylan, esta es Trinity Matthews.

Ella le tendió la mano y se sorprendió al ver que él le daba la izquierda. Entonces se fijó en que llevaba la manga derecha metida en el bolsillo. ¿Le faltaba un brazo?

Una mujer se unió a ellos.

–Hola –dijo a Trinity–, soy Rhian. Vengo a rescatarte de estos dos.

–Le encanta mandarme –dijo Dylan, sonriendo.

–Y a ti te encanta que te mande.

Dylan se encogió de hombros.

–Tienes razón –se volvió a Trinity–. ¿Te quedas a dormir? Así podremos desayunar juntos. A los críos les encantan los *pancakes* de Nana.

–Y a ti –dijo Rhian, clavándole un dedo en la cintura–. Debemos retirarnos. Recuerda que mañana nos levantamos de madrugada.

–¿Salís a correr juntos? – para Trinity, esa era la única explicación posible.

–No, es la hora a la que se levanta nuestro hijo pequeño –dijo Dylan–. De lunes a viernes, se ocupa Rhian, pero los fines de semana, me toca a mí.

Los dos se marcharon y antes de que se les acercara alguien más, Zack tomó a Trinity de la mano y la llevo hacia una puerta lateral por la que llegaron a un vestíbulo tenuemente iluminado.

–¿Dónde vamos?

–A casa.

–¿Qué quieres decir?

Zack se detuvo tan bruscamente que Trinity estuvo a punto de chocar con él. En la penumbra, percibió que su ardiente mirada le quemaba.

–Cuando has llegado te he dicho que ibas a pasar la noche conmigo –dijo él, peligrosamente cerca de sus labios.

Trinity fue a protestar, pero antes de que lo hiciera, Zack la tomó por la cintura y la besó hasta que ella sintió que la cabeza le daba vueltas y de su mente desapareció cualquier otro pensamiento que no fuera el de rendición.

Capítulo Doce

Salieron por la puerta trasera, donde estaba el coche de Zack. Tras recorrer un sinuoso camino privado, llegaron a una casa en la que entraron como dos adolescentes. En cuanto estuvieron dentro, Zack la abrazó y la besó con el deseo que llevaba conteniendo toda la noche. Cuando levantó la cabeza, ambos jadeaban.

–Ha sido una tortura no hacer esto en cuanto has llegado –dijo él.

–¿Tan seguro estabas de que vendría?

Zack soltó el cierre del vestido de Trinity.

–Esperaba poder convencerte.

El vestido se deslizó hasta el suelo y, mirando a Zack con ojos brillantes, Trinity levantó un pie y luego el otro, dándole una patada para desplazarlo a un lado. Luego, desnuda excepto por unas mínimas bragas, sonrió felinamente y musitó:

–Pues empieza a convencerme.

Zack sintió la sangre acelerársele peligrosamente, tomó en brazos a Trinity y fue al dormitorio. Había pedido que hicieran la cama y que encendieran velas. Bajo la tenue luz la encontró adorable. Ella, en lugar de reclinarse en la cama, se puso de rodillas delante de él y fue abriéndole la camisa botón a botón. Él se quitó la chaqueta y los zapatos sin dejar de mirarla. Cuando se quedó solo en calcetines, Trinity se inclinó hacia adelante y, sin previo aviso, se llevó su sexo a la boca.

Zack había tenido muchas amantes pero ninguna le había hecho sentir nada igual. Cerró los ojos y enredó los dedos en el cabello de Trinity y se lo masajeó mientras, segundo a segundo, sus movimientos se fueron acompasando. Hasta que llegó el momento en que él susurró:

—Me gusta lo que me estás haciendo —dijo con la voz quebrada—. De hecho, demasiado.

Trinity lo miró con ojos lujuriosos. Rodó hacia atrás y Zack le quitó las bragas. Luego ella alargó las manos y Zack se acomodó entre sus rodillas. Asiéndose a ellas, la observó unos segundos en los que su excitación aumentó. Tomó un condón de la mesilla y una vez se lo puso, sujetó a Trinity por la nuca para reclamar un nuevo beso a la vez que la penetraba. Se obligó a moverse lentamente e ir incrementando el ritmo. Pero los besos hambrientos y apasionados que ella le daba lo llevaron al límite en segundos.

—Te he echado de menos —le susurró al oído.

—No creí que fueras a llamarme.

—He sido un idiota tardando tanto.

Trinity sonrió contra sus labios.

—La invitación llegó dos días después de que volviera.

—A eso me refiero —Zack le mordisqueó el labio inferior—, no sé por qué tardé tanto.

Se asió a las caderas de Trinity y enlazó las piernas de esta a sus muslos, concentrándose plenamente en la primera y ardiente sensación del íntimo contacto. Luego se meció en su interior a una velocidad creciente, hasta que los gemidos de Trinity le indicaron que también ella estaba al límite. El fuego en el que ardía era demasiado intenso, los labios de Trinity demasiado dulces, y cuando ella se contrajo en torno a su sexo, la mente de Zack se nubló, la tierra estalló en añicos, y en ese preciso y glorioso instante, lo supo: si alguna vez se enamoraba, quería sentir algo así; lo que sentía con Trin.

—Me encanta tu familia.

Yacían juntos, gozando de la languidez posterior al sexo, mientras Trinity dibujaba círculos en el vello del pecho de Zack. El murmullo de una ocasional sirena de barco y el roce de las ramas de los árboles los arrullaban.

—¿No te ha resultado abrumadora? –preguntó él.

—Quizá al principio, pero han sido encantadores. ¿Te importa que te pregunte como perdió Dylan el brazo?

—Lo atropelló un coche cuando tenía doce años.

—Así que Rhian lo conoció ya así.

Zack la miró desconcertado.

—Que le falte un brazo no lo hace menos humano. En todo caso, lo contrario. Juega con sus hijos y es un genio llevando las cuentas de la empresa

A Trinity no le costó creerlo.

–Tu madre es maravillosa. Y tu padre, muy divertido. Ahora sé de dónde sacas la habilidad para contar anécdotas.

–Están hechos el uno para el otro. Al menos eso es lo que yo opino.

–¿Y quién no está de acuerdo?

–Están a punto de divorciarse.

–¿De verdad? No lo parece.

–Llevan tiempo en crisis. Mi padre vive dedicado al trabajo. Hace poco mi madre contrató un crucero y en el último momento él dijo que no podía ir. Mi madre fue sola y cuando volvió dijo que estaba harta y que quería separarse. Dijo que quería pasar tiempo con él antes de hacerse demasiado mayor, y que si él no accedía, prefería vivir por su cuenta. Papá no la tomó en serio hasta que se mudó a un apartamento que tienen en la ciudad.

–¿Es demasiado tarde para que se reconcilien? ¿La vida privada y la profesional no pueden compaginarse?

–No cuando uno de los miembros de la pareja cría solo a sus hijos mientras el otro cierra acuerdos millonarios.

Zack estrechó a Trinity contra sí.

–Pero eso no nos afecta a nosotros –continuó–. Los dos tenemos una carrera profesional y no tenemos hijos. Quiero seguir viéndote.

Trinity sintió que se le henchía el corazón. Había disfrutado de la velada y aún más de Zack, pero, desafortunadamente, eso no cambiaba nada. Se humedeció los labios y suspiró.

–Zack, no puedo volver a verte.

Él dejó de respirar. Luego dijo:

–¿Quieres que te demuestre cuánto me importas? –frotó su nariz con la de ella.

Trinity sintió que le ardían los ojos, pero la conversación no podía postergarse.

–Nunca olvidaré los dos días que pasamos juntos. Hicieron que mi visión del mundo y del futuro cambiara, Zack.

Él rodó sobre ella.

–Esto se está poniendo muy serio.

Pero cuando inclinó la cabeza, y a pesar de que tuvo que hacer un esfuerzo sobrehumano para negarle un beso, Trinity se incorporó hasta sentarse.

Zack se rascó la barbilla.

–Está bien –dijo–. Si quieres hablar, hablemos.

Trinity se cubrió hasta la barbilla y dijo:

–No quiero seguir huyendo de quien soy. Tuve una infancia difícil, pero no quiero dejar que eso me venza. He decidido que algún día quiero formar una familia.

Zack enarcó las cejas.

–¿Se supone que esto es un ultimátum?

–En absoluto. Aunque después de verte con tu familia esta noche, sospecho que a lo mejor tú también te niegas a reconocer que una parte de ti desea formar una familia.

Zack resopló.

–¿Por qué cuesta tanto admitir que un hombre quiera dedicarse a su carrera?

–Hay quien dice que las carreras están sobrevaloradas. De hecho, yo dejé mi trabajo al volver de Colorado.

–¡Pero si te encantaba! –exclamó Zack, sentándose de un salto.

–Sí, pero solo tenemos una vida, y quiero trabajar con niños.

–Lo haces por que quieres estar en contacto con Bonnie –dijo él bruscamente.

Trinity se irritó.

–Se llama Belinda, y te equivocas. Lo he decidido porque es lo que quiero.

Zack la miró prolongadamente.

–No puedo creer que no quieras volver a sentir esto.

–Queremos cosas distintas. Yo quiero más: casarme, tener hijos. Y no es un crimen. Pregúntaselo a tus hermanos.

Bajo la luz de las velas, vio el gesto testarudo de Zack negándose a aceptar su decisión. Pero no dependía de él.

–Espero que te quedes conmigo a pasar la noche –se limitó a decir él.

–Hasta el amanecer. No quiero desayunar con tu familia y que se lleven la impresión equivocada.

–¿De que hemos dormido juntos?

–De que lo nuestro es serio. Además, un vestido largo no es apropiado para el desayuno.

–Tengo jerséis en el armario.

Trinity sacudió la cabeza.

El teléfono de Zack sonó, pero él no hizo ademán de responder.

—Deberías contestar.

—No quiero hablar con nadie –refunfuñó él.

—Podría tratarse de tus hermanos o de tus padres.

—No llamarían a esta hora

—A no ser que fuera una emergencia.

La llamada no era de su familia ni de trabajo. Era de la última persona de la que esperaban tener noticias, y menos un sábado a aquella hora.

Zack escuchó en silencio y luego dijo:

—¿Hay un hotel cerca?

Ella contestó afirmativamente y Zack, tras preguntarle dónde estaba, le dijo que pidiera una habitación, que él la pagaría. Antes de colgar, ya había empezado a vestirse.

—¿Qué pasa? –preguntó Trinity, alarmada.

—Es la madre de Bonnie, Maggie Lambert. Está con la niña en las afueras de Denver.

—¿Por qué? ¿Qué ha pasado?

—Te lo explicaré en el camino. Vamos, vístete –dijo.

Zack organizó un vuelo privado a Colorado. Llegaron al hotel de madrugada. Al ver el viejo edificio iluminado con un letrero de neón azul parpadeante, Trinity se estremeció.

Zack despertó al recepcionista. Este llamó a la habitación pero no obtuvieron respuesta.

Belinda y su madre se habían ido.

–¿Qué hacemos ahora? –preguntó Trinity, angustiada.

–Llamar a la policía –Zack le tomó ambas manos y, con expresión solemne, añadió–: Las encontraremos.

Trinity, demasiado conmocionada como para hablar, se limitó a asentir. Al otro lado de la carretera había una gasolinera y un aparcamiento de camiones. Si Maggie había conseguido que alguien la llevara, sería imposible localizarla. El teléfono de Zack sonó.

–¿Sí? –contestó con gesto contrariado–. ¿Dónde demonios estás?

Unos segundos más tarde, colgó.

–Era Maggie. Belinda se ha despertado temprano y no paraba de llorar, así que han salido a dar un paseo y están ahí mismo –dijo, señalando el aparcamiento justo en el momento en el que Trinity dejaba escapar una exclamación de alivio.

Cruzaron la carretera de la mano y entraron en la cafetería de la gasolinera. En un rincón, estaba sentada una mujer con aspecto de estar exhausta, y un cochecito de bebé a su lado. Zack y Trinity fueron a ella presurosos. Trinity no quiso culpabilizarla después del tono recriminatorio que Zack había usado con ella, y le dedicó una sonrisa. Cuando miró a la niña, el corazón le dio un salto de alegría y al mismo tiempo se le encogió. Parecía contenta, ajena al caos que era su vida, y Trinity habría querido levantarla y estrecharla contra su pecho. El instinto maternal que Bel despertaba en ella era tan fuerte que casi se sentía su madre natural.

Zack esperó a que se sentara, y ocupó la silla de al lado.

Maggie tenía ojeras y el aspecto de haber recorrido un largo trayecto.

—Lo siento, pero no tenía a quién llamar.

—¿Qué ha pasado? —preguntó Zack.

—Hablé con el padre de Bel y me dijo que fuera donde estaba, que podía conseguir un trabajo. La gente del piso de acogida era muy agradable, y habíamos hablado de ir a la universidad, pero pensé que debía ir junto a él, que quería ayudarnos.

Los ojos de Maggie se inundaron de lágrimas y Trinity le tomó la mano.

—Reuní todo el dinero que tenía —continuó la joven—, dejé el piso y llamé a mi madre para decirle que no íbamos a volver. Luego llamé a Ryan, el padre de Bel, pero parecía… diferente —hizo una pausa antes de seguir—: Debía haberlo imaginado… Pero saqué el billete y le llamé de nuevo para decirle la hora a la que llegaríamos —se mordió el labio para contener el llanto—. Me colgó, pero me dio tiempo a oír voces de mujer al fondo —las lágrimas rodaron por sus mejillas—. Entonces me acordé de vosotros.

Trinity le apretó la mano.

—Has hecho bien. Cuidaremos de vosotras.

—He pensado algo que me resulta muy doloroso, pero que sé que es lo mejor para Belinda —dijo Maggie, irguiéndose.

–¿A qué te refieres? –preguntó Zack.

Una súbita calma asomó al rostro de Maggie.

–¿Queréis adoptar a mi niña?

Zack recibió la pregunta como un puñetazo en el pecho que lo dejó sin aire. En aquel momento llegó una camarera.

–¿Quieren café? Se va a acabar la hora del desayuno.

Trinity dijo algo que Zack no entendió porque tenía un zumbido en los oídos. No podía dejar de mirar a Bel y pensar en lo desvalida que estaba. Se preguntó si, de saber el giro que iban a dar los acontecimientos, no habría preferido haber tomado el taxi de Trinity y volver a Nueva York.

–Zack ¿estás bien? ¿Has oído a Maggie?

Él separó la silla y sintió que se mareaba.

–Claro que he oído –sonrió para contrarrestar la brusquedad de su respuesta–. Maggie, Trinity y yo no estamos casados.

–Pero está claro que tenéis una relación –dijo la joven con una sonrisa esperanzada–. Por eso habéis venido juntos, ¿no?

–Disculpadme –dijo él, necesitaba tomar aire–. He dejado el móvil en el coche.

Ya en la calle respiró profundamente. Sentía un nudo en el estómago y le flaqueaban las piernas.

No podía adoptar a un bebé; él era un soltero convencido. No tenía tiempo para niños. Y Maggie había dicho que quería que los dos adoptaran a Bel. ¿Eso significaba casarse con Trinity?

No podía haberlo. Él nunca había pensado en

formar una familia; su vida era su trabajo. Y si diciéndolo resultaba cruel, tendría que serlo.

Se abrió la puerta del bar. Zack se incorporó y Trinity salió con las manos en el bolsillo del pantalón.

—Menuda sorpresa, ¿eh?

Zack carraspeó.

—Desde luego.

—Parece que Maggie lo ha pensado en profundidad. Quiere conocernos mejor y estar segura de que hace lo correcto.

Zack la miró desconcertado.

—Lo dices como si te estuvieras planteando hacerlo.

—Si puedo ayudarles, lo haré.

Zack rio fríamente.

—Pues no cuentes conmigo.

Ella parpadeó y luego sonrió con tristeza.

—Creía que la niña te importaba.

—Por eso mismo. No sería un buen padre.

—Eso no es verdad, pero no quieres darte cuenta de ello. Por mi parte, voy a hacer lo que haga falta por ellas.

—¿Sin dinero?

—El dinero no lo es todo. Además, tengo unos ahorros.

Zack pensó súbitamente en la solución.

—Le abriré una cuenta con todo el dinero que necesite.

—¿Para que su madre o su novio se hagan con él?

—No, para que pueda ir a la universidad.

–¿Y quien cuidará de la niña?

–Canguros. Mis hermanos las usan.

–Maggie quiere que la niña tenga un medio estable –Trinity lo miró con desilusión–. Voy a entrar a decirle que cuente conmigo. Si puedo adoptarla sola, lo haré.

–Trinity, no tienes los medios.

Ella lo miró con lástima.

–Si esa es tu actitud, tienes razón. La niña está mejor sin ti.

Capítulo Trece

—¿Puedo pasar? —preguntó Zack con una tímida sonrisa.

Trinity contuvo el impulso de cerrarle la puerta en las narices. Habían pasado dos semanas desde el vuelo de rescate a Colorado, tras el que Trinity se había llevado a Maggie y a Bel a su casa.

—La verdad es que preferiría que no —dijo con gesto digno.

Zack miró por detrás de ella y dijo:

—Veo que estás empaquetando. ¿Te vas de Nueva York?

—Sí. A Colorado, con Maggie y Bel. Allí tiene amigos y también hay buenas universidades.

—¿Está contigo?

—Ha ido a dar una vuelta con la niña.

—¿Me dejas pasar?

—Ya lo has preguntado y he dicho que no.

—Deja que te ayude con las maletas.

—No necesito ayuda.

—Esas cajas parecen pesadas —insistió Zack, pero su sonrisa cautivadora no surtió efecto en Trinity.

Desde que le había dejado claro que no quería que nada interfiriera en su vida, Trinity había decidido que tampoco lo quería a él en la suya. Pero no podía resistir la tentación de demostrárselo. Con un gesto condescendiente, le indicó que entrara.

–¿Qué tal está Maggie? –preguntó él mientas ella continuaba desmontando una estantería.

–Mejor. Es una mujer inteligente que ha cometido un error. Pero cuando veo a Bel tengo que reconocer que me alegro.

Zack tomó un destornillador del suelo y empezó a quitar la estantería más alta.

–¿Se sabe algo de su novio?

–No, no quiere a nadie en su vida –dijo Trinity, lanzándole una clara indirecta.

Zack no pareció notar el sarcasmo y ella recogió una pila de libros y los metió en cajas.

–Lo siento, pero tengo mucho que hacer.

–Te estoy ayudando.

–Me estás retrasando.

Zack dejó el destornillador y fue hacia ella. Trinity pensó que había olvidado lo alto que era, pero no estaba dispuesta a dejarse intimidar… ni seducir. Zack se frotó la nuca y dijo:

–El otro día me porté muy mal. No estaba pensando con la cabeza.

–No te preocupes, Maggie no te lo echa en cara.

–O puede que comprenda que necesitaba reflexionar.

Zack dio un paso hacia.

–Quizá yo debería ser igualmente comprensiva, pero sigo estando demasiado enfadada.

–Era una proposición de tal responsabilidad que no supe reaccionar.

–Hay veces que uno debe implicarse y actuar.

–Por eso estoy aquí.

Trinity dio la espalda a Zack, y mientras bajaba un cuadro de la pared, dijo:

–Tendrás que hablar directamente con Maggie de la oferta económica que quieras hacerle.

–No es eso de lo que he venido a hablar. Al menos, no exclusivamente. He venido a preguntarte algo.

Trinity se sintió mareada, y dio media vuelta.

–¿El qué? –preguntó con fingida calma.

–Si Bel todavía necesita un padre –Zack se encogió de hombros–, aquí me tiene.

Aquellas palabras le atravesaron el corazón a Trinity. No podía creerlo. Zack tenía que estar jugando con sus sentimientos, siendo cruel.

–No bromees, Zack –dijo entre dientes.

–Nunca he dicho nada más en serio.

Trinity sacudió la cabeza.

–Dijiste que no renunciarías a quien eras –de pronto tuvo una idea–: A no ser que te refieras a llegar a algún tipo de acuerdo…

–Se llama matrimonio –dijo él, dando un paso adelante.

Trinity sintió que se le encogía el corazón. Por un instante había creído que verdaderamente…

–Los dos queremos ayudar a Bel. De esta manera podemos proporcionarle una madre y un padre y la ayuda económica que necesite. Y tú podrás seguir con tu carrera y con tu vida. Todos salimos ganando.

Trinity sintió una opresión en el pecho.

–¿Y ese matrimonio incluiría derechos conyugales?

–Confiaba en que lo mencionaras –dijo él, rodeándole la cintura–. Comprendo que tú desees tener una familia; y espero que comprendas que yo quiero mantener mi posición en la compañía.

–Te refieres a mantener tus prioridades claras.

–Exactamente –Zack le acarició los brazos–. ¿Qué te parece?

Trinity hizo un esfuerzo sobrehumano para evitar que su rostro reflejara el daño que le hacía proponiéndole un matrimonio de conveniencia.

–Me temo que no puedo aceptar.

La mirada de Zack se ensombreció, pero dejó escapar una carcajada.

–Claro que puedes. Es lo que deseas.

Con la garganta atenazada por la emoción, Trinity se liberó de su abrazo y dijo:

–No vale la pena que te lo explique.

–Inténtalo –dijo él, reteniéndola–. Yo seguiría en Nueva York, así que no tendrías que aguantarme todo el tiempo.

–¿Y qué clase de padre serías para Bel?

Zack frunció el ceño.

–Un padre responsable.

–Te engañas si crees que esto puede salir bien. ¿Cuánto tiempo tardarías en encapricharte de otra modelo y aparecer en la prensa rosa? Tienes razón. Eres como eres. Y Bel merece algo mejor –Trinity alzó la barbilla–. Y yo también.

Zack creía haberle ofrecido una solución, pero solo había conseguido insultarla.

Tanto Bel como ella se merecían ser amadas y respetadas, pero era evidente que Zack no lo veía así.

Con los ojos inundados en lágrimas, fue a hasta la puerta y la abrió:

–Será mejor que te vayas, Zack. Y por favor, haz el favor de no volver nunca más.

–Me ha extrañado saber que no habías ido a la oficina hoy. ¿Te pasa algo?

Zack se había encontrado a su padre al abrir la puerta de su casa.

–No me encontraba muy bien.

–Nunca te habías tomado un día libre –dijo su padre, entrando–. ¿Por qué no llamas al médico?

–Solo necesitaba un rato para pensar –dijo Zack.

–¿Tiene algo que ver con la mujer que te tenía fascinado en la fiesta de tu hermana?

–¿Eso parecía? –preguntó Zack, sentándose en una butaca.

–Por un instante, pensé que se iba a anunciar un segundo matrimonio Harrison en la misma fiesta.

Desde que había visto a Trinity, Zack estaba seguro de haber disimulado perfectamente su frustración, su dolor y su sentimiento de culpa.

Trinity tenía razón. Era un cabezota y un egoísta. Trinity había rechazado su oferta, y se lo tenía merecido. Había perdido a la única mujer que le había importado verdaderamente; y saberlo lo estaba volviendo loco.

–No puedo volver a verla –masculló mientras su padre se sentaba a su lado.

–Aunque es evidente que lo estás deseando.

Zack miró en la distancia sin querer contestar, preguntándose si Trinity lo echaría de menos tanto como él a ella. Cerró los ojos y resopló.

Tras una pausa, su padre volvió a hablar:

–En la vida hay muchos sentimientos, pero ninguno mejor que el amor.

–¿Pretendes decirme que todavía amas a mamá? –preguntó Zack, frunciendo el ceño.

–Aunque acabe dejándome, jamás me arrepentiré de haberme casado con ella ni de la familia que hemos formado –su padre se mesó el bigote y continuó–: La vida no se ve de la misma manera a los sesenta. El éxito deja de entenderse de la misma manera. Hay miles de personas desgraciadas con una estratosférica cuenta de banco –hizo una pausa y siguió–. Puede que pasara tiempo fuera, pero siempre adoraba volver a casa y las vacaciones que pasábamos juntos. Llega un momento en que sabes que esos son los momentos que cuentan.

–¿Nunca tuviste miedo de convertirte en padre?

–No conozco ningún hombre que no lo tenga. Tener un hijo es una enorme responsabilidad. Pero si un hombre tiene la fortuna de encontrar su alma gemela, sería un estúpido si lo dejara escapar. Déjate llevar por tus instintos. Puede que hagas el mejor negocio de tu vida.

Capítulo Catorce

Trinity iba a entrar en casa después de despedirse de Maggie, que iba a la ciudad, cuando algo brillante le llamó la atención.

Llevaban dos semanas en Denver, en la casa de tres habitaciones que habían alquilado.

Había puesto el pie en el primer peldaño de las escaleras que subían al porche cuando volvió a ver un resplandor. Fue hasta el punto donde algo brillaba, despejó las hojas y lo que vio hizo que la cabeza le diera vueltas. Se trataba de una réplica de la bola que Zack le había regalado, solo que la escena había cambiado: se trataba de un hombre y una mujer vestidos de boda. La inscripción decía: «Cásate conmigo».

Trinity miró a su alrededor con los ojos desorbitadamente abiertos. Entonces oyó:

—Veo que has encontrado mi sorpresa.

La familiar voz le hizo volverse.

—Permite que me explique —añadió Zack con una encantadora sonrisa.

Trinity se sacudió el estupor y alzando la bola, dijo:

—Si es tu manera de volver a proponerme un matrimonio de conveniencia, olvídalo.

–Veo que no has perdido el mal genio –dijo él, aproximándose–. Hoy he visto a la señora Dale y me ha preguntado si conocía a alguien que quisiera adoptar a Cruiser. Le he dicho que sí.

–¿Quién? –preguntó Trinity, no pudiendo evitar una sonrisa al recordar al perro.

–Yo.

–¿Lo vas a llevar a Nueva York?

–No. Resulta que hablé con Dirkins. Le hice tu propuesta de una dirección compartida, y la ha aceptado.

–Me alegro mucho –dijo Trinity con sinceridad–. Pero no entiendo la conexión con Cruiser.

–Cruiser se queda conmigo porque voy a mudarme a Denver –Zack tomó al bola de la mano de Trinity y la sacudió–: Lo que nos lleva a esto.

–No, Zack. Te dije que no.

–Primero tienes que escucharme –de un compartimento secreto del globo, sacó un anillo de diamantes.

Trinity sintió que le flaqueaban las piernas.

Zack le tomó la mano.

–Quiero proponerte un matrimonio basado en el muto respeto, en el amor, Trinity –clavó su mirada en la de ella con solemnidad–. Quiero que te cases conmigo.

–Zack, si de verdad me amaras, si quieres lo mejor para Bel…

–Claro que sí.

–Al poco tiempo te irías. Bel necesita estabilidad.

Zack asintió.

–He hablado con mi padre y mis hermanos y he presentado mi dimisión como miembro de la junta directiva.

Trinity parpadeó, confusa.

–Pero si tú eres Harrison Hotels...

–Era. Ahora soy el futuro padre de Bel y, si me aceptas, tu futuro marido.

–Zack, esto es una locura. Tienes que pensarlo.

–Es lo único que he hecho hasta ahora –la enlazó por la cintura y continuó–: Amarte es mil veces más importante que ser un tiburón de los negocios. Resulta que soy como mis hermanos, quiero sentar la cabeza y tener hijos –besó a Trinity en la comisura de los labios–. Pero quiero hacerlo contigo, solo contigo.

–¿Y Bel? –susurró ella.

–Será la joya de nuestra corona. El final feliz de nuestro cuento.

Trinity sintió que las lágrimas se agolpaban en sus ojos. Quería llorar y reír a la vez.

–Siempre he deseado un final feliz.

–Y yo a ti.

–¿Estás seguro?

Zack sonrió.

–Estoy tan seguro que me asusta.

El corazón de Trinity latía con tanta fuerza que sentía que se ahogaba. Tenía que estar soñando. Trinity creyó que iba a estallar de alegría.

–Yo no quería decírtelo –dijo con una espléndida sonrisa.

–¿El qué?

–Que te amo.

Zack terminó de ponerle el anillo en el dedo, se llevó su mano a los labios y la besó a la vez que las lágrimas rodaban por las mejillas de Trinity.

Cuando Zack la abrazó, ella dijo:

–Espero que nunca eches de menos tu antigua vida.

–Eso es imposible –dijo él.

Y antes de sellar sus labios con un apasionado beso, le explicó por qué con las más dulces palabras de amor.

Nueves meses más tarde, rodeada de un mar de caras sonrientes, Trinity cortó la tarta nupcial con Zack y un gran aplauso estalló en el salón del hotel Denver Dirkins-Harrison.

Tras besarla, Zack le susurró al oído:

–¿Te has cansado ya de sonreír a las cámaras?

Ella aspiró el su delicioso perfume natural y dijo:

–No creo que vaya a dejar de sonreír nunca.

Aquel día no solo había dado el sí al hombre más maravilloso del planeta, sino que ella y Belinda habían sido bienvenidas a la familia. La adopción habían sido completada, pero Maggie podía visitarlos siempre que quisiera. Se estaba convirtiendo en una mujer fuerte y segura, que gracias a una beca Harrison, estaba estudiando Derecho.

Trinity miró hacia la sala y al no ver a Bonnie, se alarmó. Zack leyó su expresión y dijo:

–Querida, estamos rodeados de amigos y familia, además de un servicio de seguridad. Estará en alguna mesa con alguien diciéndole lo guapa que es.

Trinity sonrió.

–Supongo que es el sentimiento de culpa por dejarla una semana mientras vamos a Italia de luna de miel.

–No te preocupes, Maggie y mi madre la van a mimar tanto que tendremos que reeducarla.

Trinity rio y en ese momento Dylan anunció que sonaría el vals nupcial. Las luces se atenuaron y ante una audiencia expectante, los novios iniciaron el baile.

–¡Qué suerte tuve el día que entraste en mi taxi! –susurró Zack–. Ahora no concibo la vida sin ti y sin Bonnie.

Y sin previo aviso, tomó a Trinity en brazos y la hizo girar en el aire. Los invitados aplaudieron y los flashes centellearon. Zack la dejó en el suelo con suavidad y dijo:

–Ahí está la niña.

Trinity miró en la dirección que le indicaba. Bonnie estaba en brazos de su abuelo, que parecía contarle una de sus anécdotas. En ese momento, se unió a ellos la madre de Zack, que comentó algo que les hizo reír.

–Cuánto me alegro de que tus padres se hayan reconciliado –dijo Trinity mientras otras parejas se iban uniendo a ellos.

–Papá siempre ha dicho que para tener éxito hay que saber sortear las tormentas. No le ha sido fácil abandonar lo que le ha costado tanto esfuerzo crear.

—Pero no lo deja, solo lo reparte entre sus hijos. ¿Alguna vez lamentas haber renunciado a la posición de director general?

—Jamás. El peor momento de mi vida fue pensar que te perdía. Mi prioridad es hacerte feliz el resto de nuestras vidas y despertar cada mañana junto a ti, además de tener varias decenas de nietos.

—¿Quieres decir…? —preguntó Trinity, emocionada.

—Ya hablaremos de cómo expandir la familia cuando estemos a solas —dijo Zack. Y la besó.

—¡Zack, me haces tan feliz…!

—Entonces tendremos que empezar lo antes posible —dijo él. Y estallaron en una carcajada. Luego Zack añadió—: Eres la novia más guapa que he visto en mi vida.

—No sé si pensarás lo mismo cuando tengas que levantarte conmigo a las tres de la madrugada.

—Estoy ansioso por practicar.

Zack la miró con devoción antes de inclinar la cabeza y besarla.

Creer en el amor
DAY LECLAIRE

Gabe Moretti llevaba toda la vida intentando conseguir un collar de diamantes que era su único legado. Al reencontrarse con Kat Malloy, prima de su difunta esposa, al fin se le presentó la oportunidad de conseguir su objetivo. Kat le propuso un trato de negocios: fingir un noviazgo a cambio del collar que la madre de Gabe había diseñado. Pero, una vez puesta en marcha la farsa, un beso llevó a otro y Gabe se dio cuenta de que la relación estaba yéndosele de las manos. Además, Kat tenía secretos que él quería desvelar. Para lograrlo y descubrir la verdad de su poderosa atracción, iba a verse obligado a recurrir a su familia paterna, algo que se había jurado no hacer nunca.

La oportunidad de su vida

¡YA EN TU PUNTO DE VENTA!

Acepte 2 de nuestras mejores novelas de amor GRATIS

¡Y reciba un regalo sorpresa!

Oferta especial de tiempo limitado

Rellene el cupón y envíelo a
Harlequin Reader Service®
3010 Walden Ave.
P.O. Box 1867
Buffalo, N.Y. 14240-1867

¡Sí! Por favor, envíenme 2 novelas de amor de Harlequin (1 Bianca® y 1 Deseo®) gratis, más el regalo sorpresa. Luego remítanme 4 novelas nuevas todos los meses, las cuales recibiré mucho antes de que aparezcan en librerías, y factúrenme al bajo precio de $3,24 cada una, más $0,25 por envío e impuesto de ventas, si corresponde*. Este es el precio total, y es un ahorro de casi el 20% sobre el precio de portada. ¡Una oferta excelente! Entiendo que el hecho de aceptar estos libros y el regalo no me obliga en forma alguna a la compra de libros adicionales. Y también que puedo devolver cualquier envío y cancelar en cualquier momento. Aún si decido no comprar ningún otro libro de Harlequin, los 2 libros gratis y el regalo sorpresa son míos para siempre.

416 LBN DU7N

Nombre y apellido	(Por favor, letra de molde)	
Dirección	Apartamento No.	
Ciudad	Estado	Zona postal

Esta oferta se limita a un pedido por hogar y no está disponible para los subscriptores actuales de Deseo® y Bianca®.
*Los términos y precios quedan sujetos a cambios sin aviso previo.
Impuestos de ventas aplican en N.Y.

SPN-03

©2003 Harlequin Enterprises Limited

Bianca.

Le bastaba chasquear los dedos para que las mujeres lo obedecieran

Acalorada y exhausta por el bochorno milanés, Caroline Rossi entró en las elegantes oficinas de Giancarlo de Vito y comenzó a sentirse gorda, fea y prácticamente invisible.

La despiadada ambición de Giancarlo lo había llevado hasta donde estaba, pero no había olvidado las penalidades sufridas ni la sed de venganza que solo Caroline podía ayudarlo a apagar. Acostumbrado a que las mujeres se desvivieran por complacerlo, Giancarlo se sintió perplejo al ver que ella se negaba a seguirle el juego. Para lograr vengarse tendría que recurrir a su irresistible encanto...

La verdad de sus caricias

Cathy Williams

Un amor difícil

JENNIFER LEWIS

Brooke Nichols nunca había visto a su jefe, R. J. Kincaid, actuar así. Cierto que su madre estaba en la cárcel, acusada del asesinato de su padre, y que el hijo ilegítimo de su progenitor prácticamente le había arrebatado la empresa familiar, por la que tanto había luchado, pero eso no excusaba su mal comportamiento.

Como haría cualquier secretaria que se preciase de serlo, cuando estuvieron a solas, le sirvió una copa, y después otra… y aquello acabó en un beso… y dos. Si no fuese porque ocultaba un secreto que podía destrozar a los Kincaid, tal vez aquella fantasía no tendría que acabar.

El beso que desarmó al jefe

¡YA EN TU PUNTO DE VENTA!